面試完美父母

페인트 Parents' Interview

PAINT

李喜榮——著
簡郁璇——譯

目次

我是傑努三〇一

這兩人與在全像投影中看到的樣子不太一樣，女人的皮膚很暗沉，男人眼角布滿皺紋；女人笑容滿面，男人則露出慈祥和藹的微笑。監護輕輕拍了拍我的肩，我收到信號，朝兩人恭敬地敬禮。

「您好。」

「哎呀，和全像投影一模一樣呢，不，比那帥氣多啦，不過……」

女人大步走近，我反射性地往後退了半步。監護悄悄握住我的肩頭，像在示意我不要緊。女人似乎很努力想要想起什麼，蹙起眉頭，她一定是想說出我的名字吧。

「我是傑努三〇一。」

還是我應該省略三〇一呢？不過，「傑努三〇一」比只講「傑努」更精準，因為全國上下有無數的傑努，三〇一卻是我的專屬編號。

「那麼，你是一月進來……」

男人戳了一下女人的腰際，女人慌慌張張地摀住嘴，見到這幅情景，我也不自覺噗哧笑了出來。

「嗯哼。」監護清了清喉嚨，示意我保持禮貌。雖然我不太懂，明明講錯話的是他們，為什麼每次都只要求我遵守禮儀。我不滿地噘起嘴，瞥了監護一眼。

「請坐下來聊吧。」

監護鄭重地帶領兩人到位於中間的桌前，等他們入座後，我和監護也在對面坐下。

「兩位要喝什麼？」

聽到監護的詢問，女人的目光移到我臉上。

「你要喝什麼？你喜歡喝什麼呢？」

我轉頭對監護說：「我要咖啡。」

女人似乎認為我不把她放在眼裡，微笑從臉上消失了，男人則笑得更誇張滑稽，試圖轉換尷尬的氣氛。怎麼看，我都覺得他是個苦幹實幹的努力派。

「那我們也要一樣的。」

監護點點頭，按下桌上的按鈕。

「咖啡。」面談室內響起低沉冷靜的嗓音，小幫手很快就將四杯咖啡放在托盤上端來了。

「哎呀，我還是第一次見到這麼大的小幫手呢。」

「這裡有很多孩子，一般家庭小幫手吃不消，這是政府替我們NC中心特別訂做的小幫手。」

聽了監護的說明，兩人點點頭。我想起之前在螢幕廣告上看過的家庭小幫手，那是迷你機器人，體型嬌小，內建可以挑選顏色和設計的功能，每個都有自己的個性。聽說以前曾經把小幫手的外型做得和人一模一樣，沒想到這些和人類太過相似的機器人引起使用者的排斥。這應該算是對於和人類長得太像的非人類個體所產生的一種厭惡感吧。後來，機器人廠商將設計單純化，近期製造的小幫手和人類的樣子只有六成左右的相似度，任誰見了都只會認為那是個機器人。

女人將喝到一半的咖啡擱在桌上，狹小的面談室響起「喀」一聲，女人注視著坐在自己對面的監護。

「這是我們長久以來的願望，猶豫了好久，不知道該不該敲這裡的大門，卻怎樣都提不起勇氣。您也知道，要當好父母有多困難。我真能成為一個優秀的好媽媽嗎？經過多次深思熟慮，最後才帶著『努力試著為可憐的孩子打造一個溫暖家庭吧』的念頭來到這裡。」

假如我沒有趁著喝咖啡時偷瞄對面，也許就不會發現女人伸手戳了戳男人的腰，男人發出呵呵的笑聲。

「年少不懂事，等年紀大了，才發現夫妻兩口子住的家有多安靜。我也忍不住想，要是能和其他人一樣，和兒子一起去旅行、釣魚，那該有多好呢？」

男人仔細端詳我的臉，像在認真檢視一件商品。

「看到你的全像投影的那一刻，我的心臟瞬間漏了一拍。啊，原來就是這個孩子啊。天啊！這麼一個身型修長、清秀的孩子，竟然到現在都還沒找到自己的家人，光想到這點，我就好心痛……」

女人已經開始用指尖沾拭淚水了。我下意識地咬緊了牙，因為感覺下一秒我就要打哈欠了。監護瞄了我一眼，整張臉猶如嚴冬的凌晨般冷颼颼，雖然很慶幸他似乎讀懂了我的心思，但也感到有些抱歉。

「我們要不要去外頭散散步？天氣這麼好，而且這樣彼此才能……」

「不行，今天只能簡單地自我介紹、打聲招呼。」

監護語氣冰冷、毫不留情地截斷女人的話。碰到這種時候，我就會對監護那老古板般的原則主義產生無限感激。女人竭力擠出笑容，但仍掩飾不了眼中滿滿的遺憾。見到監護起身，兩人也無可奈何地離開座位，我盡全力拿出最有禮貌的態度，向這對特別前來NC中心的預備父母（pre foster）敬禮。

「請慢走。」

「真希望可以抱抱他。」

「目前還不能有任何身體接觸。」

監護再次發揮他堅守原則的精神。

「一離開這裡，好像就會迫不及待想再次見面。我們，一定要再碰面喔。」

我露出淺淺的微笑代替回答，我們應該不會有第二次見面的機會了。兩人才剛跨出面談室，小幫手隨即進來清走咖啡杯。可以的話，我也好希望立刻被清走，離開這該死的面談室。

「辛苦您了。」

我轉身面向門，背後傳來監護的聲音。

「傑努三〇一，你今年幾歲了？」

他這是明知故問。是啊，如果乖乖放我走，他就不叫朴，不對，他就不是監護了。

負責管理孩子、扮演保護者的人稱為「監護人（Guardian）」，我們簡稱「監護」。此外，就像監護會以編號來喊我們，我們也用姓氏稱呼他們。沒錯，就是那個我們無法擁有、但很了不起的姓氏。進行父母面試時，我經常對監護產生莫名的距離感，而且因為那是正式場合，我會生硬地稱呼他們「監護」，而不是姓氏，在朴的面前尤其如此。我緩緩地轉身。

「十七歲。」

我必須回答問題，這是這裡的規矩。

「留在中心的時間只剩下……」

「三年．準確地說，是兩年四個月？」

監護用雙手抹了抹臉，似乎感到很疲倦。

「你，知道那是什麼意思嗎？」

「NC這個標籤會跟著我的身分證一輩子。」

「聽起來，你好像無所謂？」

我並沒有無所謂，一輩子帶著NC的烙印生活顯然會很辛苦。長大成人後才離開這裡的人，會活在什麼樣的歧視下，我早聽過無數例子，也因此，NC的孩子都想盡快透過父母面試離開中心。有些孩子會遇到心地好的新父母，過著幸福快樂的日子，但大部分都是各取所需，戴著家人這個貌似美好的假面生活著。

「那些人，欠了很多債嗎？」我直視監護蒼白的臉。

監護靜靜盯著我，最後重重嘆了口氣。「是崔說的嗎？」

我只是隨口一問罷了，沒想到真的被我說中。現在只要看臉就知道這人有沒有在工作，是不是有龐大的債務問題，還是某天突然為了還沒準備好的老年生活而心急跳腳。

「不是。」

監護憂心忡忡的看著我。就算崔沒有刻意告訴我，我在看到這兩人的瞬間就能感覺到：我們迫切地需要政府的補助。他們靜默無聲，卻用極為露骨的表情在說這句話。

「傑努三〇一。」

我沒應聲，壓根沒這個必要。

「NC出身的背景，人生會比你想得艱辛許多。」

「跟很瞎的父母一起生活才艱辛吧。」

監護細長濃密的眼睫毛微微顫抖著。

「辛苦您了。」我又說了一次，便朝門走去。

「你也辛苦了。」監護的聲音從背後傳來，我沒有回應，逕自走出面談室。

◆

走出中心，眼前是一大片視野開闊的運動場，運動場另一頭就是學校、宿舍及有著拱形屋頂的禮堂。雖然放眼望去皆是枝葉繁茂、綠意盎然的森林，但沒有半個人會相信那片森林是真實的，那只是全像投影罷了。蓊鬱的森林，其實是面高聳的圍牆。我抬頭仰望藍天，心中萌生了「那片天空是真的嗎？」這種百無聊賴的念頭。

NC中心遍布全國，大致分成三處：管理新生兒與學齡前兒童的第一中心、入學後至十二歲的孩子待的第二中心，以及十三歲到十九歲、可進行父母面試的最後中心。我同樣經歷了第一中心、第二中心，最後才被送到這裡。這裡既然叫作最後中心，也可說是孩子在NC中心住的最後一個家。

我穿越運動場的中央，拖著沉重無力的腳步走向宿舍，才剛走幾步，戴在手腕上的智能手錶便發出亮光。一點選畫面，眼前就出現了全像投影。是來自監護的通訊。我用手指點選中斷影像，影像消失後，只剩聲音傳了出來。

「你怎麼不用電動步道移動？」

「您擔心會有昆蟲無人機冒出來嗎？」

偶爾，蝴蝶、瓢蟲、蜜蜂和蜻蜓等昆蟲模樣的無人機會飛進ＮＣ中心，因為外頭的人對我們很好奇，還有人認為我們是以不法手段取得新身分，掀起一陣憂國憂民的聲浪。我看這些無知的人八成是把ＮＣ中心當成關什麼罪犯的監獄了。不過當然啦，在我們成為大人之前都不能離開這裡，稱為監獄也不算說錯。

大部分ＮＣ的孩子都會以電動步道代步，在建築物間移動，雖然這比靠自己兩條腿穿越運動場還快速便利，但有時就是會沒來由地想走點路，而此時此刻，正好就是那種時候。父母面試結束後，我就會無念無想、一臉呆滯地走過運動場的中央。

「傑努三〇一。」

「是。」

「你打幾分?」

「十五分。」

雖然落淚的演技是滿逼真的。

「分數滿高的嘛。」

耳畔傳來了監護,不,是朴特有的低沉笑聲。我讓中斷的影像再次投射在半空中,出現朴斜靠著牆的身影。

「既然您這麼瞭解,為什麼非要讓我參加Paint呢?」我臭著臉,瞪著他的深褐色瞳孔。

「沒辦法。」朴聳了聳肩,露出多少有些抱歉的表情。

看到朴指了指天空,大概猜到是什麼意思,雖然他貴為這裡的所長,但也是個必須聽命行事的公務員。關掉影像後,通訊也啪的中斷了。我也不是不懂朴的心思,身為所長的他比任何人都珍惜、深愛這裡的孩子,儘管他木訥又嚴格,但也沒人像他那麼替孩子著想。在這裡的其他監護也同樣為所有孩子全心奉獻,總是努力想多讓一個孩子遇見好父母，想替他們抹去ＮＣ的標籤。他們希望孩子不會受到社會歧視，不會暴露在充滿偏見的目光之中。我對此心存感激，但又覺得很鬱卒。想到此，又深深嘆了口氣。

抵達生活館前，感應器便掃描了我的臉部和虹膜，接著，語音辨識按鈕亮起燈：

「傑努三〇一。」

嗶嗶，門打開了。

「保安。」

走進生活館後，我按照平時的習慣，下意識地啟動了保安功能。門關上後，以特殊合金製成的鐵門中央會悄悄變得像玻璃般透明。雖然外頭看不見裡面，但啟動保安功能時的短暫時間，從裡頭可以看到外面。這是一種系統門窗功能，使用了新開發的科技材質，不只ＮＣ中心，在一般家庭也很普及。我瞥了一眼門外，風景一如往常，透明門再次默默恢復原狀。

穿過長長的走廊，我走進寢室，才踏進門，阿奇就猛然抬頭，一個箭步衝了過來。

「哥哥，你去Paint喔？」

我避開難掩興奮之情的阿奇，整個人無力地癱倒在床上。

「百葉窗降下，就寢燈。」

聽到我的指令，百葉窗開始自動往下降，就寢燈也亮起。阿奇一臉不滿地用鼻子哼了一聲。

「真不公平，為什麼就只登錄哥哥的聲音，我卻每次都要按遙控器。而且，我還沒有要睡覺。」

「你是不知道每間寢室都是登錄年紀最大的人嗎？你要是不睡覺，就去外面玩。」

「別這樣嘛，跟人家講一下，他們是什麼樣的人？哥哥不滿意嗎？」

我以半呆滯的眼神看著阿奇。阿奇是十月來到NC中心的，所以就成了阿奇，我們的名字，是以十二月份的英文單字作變化命名的。

一月進入中心的孩子，男生叫作傑努，女生叫作潔妮。按照相同的規則，六月的名字是小俊和俊妮，七月是朱努和茱莉，十月就是阿奇和艾莉，十一月則是諾亞和麗莎……

重要的是名字後的數字。全國有很多傑努，但只有我一個三〇一。阿奇是第五〇五號，也就是阿奇五〇五，他才來最後中心半年。

「哥～我也很快就能去Paint嗎？」

我愣愣地看著阿奇。「你想要有父母嗎？」

阿奇點點頭，一副理所當然的樣子。

「這樣不是很好嗎？出社會後也會輕鬆許多。」

阿奇說得沒錯，我們只有在選擇父母、有了家人後，才能享有眾多福利。當然，撫養我們的人也能得到各種好處。

「我要去找小俊，我們約好去體育館玩風浪板。」

「小俊四〇六？」

「不，是小俊二〇三，為什麼小俊特別多啊？聽說在女生宿舍G中心，也有好多俊妮。」

你覺得咧？我本想回嘴，但決定還是就此打住。

「小心點，別失去平衡掉下來了，穿好救生裝備。」

「哥哥，你知道大家都叫你什麼嗎？」

「什麼？」我瞥了阿奇一眼。

這小子挑了挑眉。「半監護，哥哥說話越來越像監護了。」

阿奇一溜煙跑出寢室。半監護？我躺在床上呆呆盯著天花板，一閉上眼，腦中便浮現男人不自在地哈哈笑了兩聲的模樣。好像有些什麼不對勁，但又說不上來究竟是哪裡出了差錯。也是，所謂的正解真的存在嗎？

不想生孩子的人逐年增加，政府為了獎勵生育，增加各種補助，依然徒勞無功。時間拖越久，狀況變得越來越棘手，政府終究只能尋求新的出路。

「現在起，孩子由國家撫養，國家會對孩子負起責任。」

這不單純是提供補助，而是政府親自擔負起撫養孩子的責任。當父母不願意撫養孩子時，政府會將孩子帶回來撫養，NC中心便是在這樣的背景下設立，而我們，被稱為國家的孩子（nation’s children）。

戴在手腕上的智能手錶響起：「傑努三〇一，請到諮商室。」

我撐起上半身，從床上爬起來。孩子們在晚霞渲染的走廊上嘻嘻哈哈，小幫手則在清掃地面。我走在走廊上，感覺頭有點暈暈的。

一打開諮商室的門，就看到崔坐在桌子的一端。崔是男生宿舍B中心唯一的女性監護人。

「你面試時喝了咖啡吧？所以我準備了熱可可。」

要打聽我在面談室喝了什麼，對崔來說易如反掌，只要看一眼小幫手的資料庫，就能查到紀錄。

「覺得如何？」

「朴沒說嗎？」

崔露出淺淺的微笑。「他要我親口聽你說呢，你也知道他口風有多緊。」

他非守口如瓶不可，這是NC的監護必須遵守的重要原則之一。不能隨意透漏任何一名孩子的細節，這是NC中心所有人的第一準則。

「我打十五分，滿分一百。」

崔輕笑出聲，看來她也對這兩人很不滿意。

「以你打分數的標準，給得倒是滿高的。」

大家都這麼懂我，我好像真的在這裡待很久了。

「那些人根本是司馬昭之心，路人皆知，難不成是突然欠債了？」

聽到我沒好氣地回話，崔收起臉上的笑容。我停了下來，啜飲一口熱可可，熱可可就像那些前來的預備父母的微笑，溫暖得剛剛好，卻過於甜膩。

「傑努，他們不見得都是為了政府福利才上門的。」

「就像不是所有孩子都需要父母？」

「你是個很棒、很聰明的孩子，想讀多少書都可以讀。」

「也就是說，為此我需要有一對父母吧？可是我已經十七歲了，叫我怎麼對素昧平生的人喊爸媽，和他們住在一起？」

崔緩緩舉起咖啡杯，又將杯子擱回桌面，發出喀一聲。冰冷的寂靜在兩人之間盤旋。

崔凝視著咖啡杯，以低沉的嗓音開口：「那就一定是不好的嗎？」

我直視崔的眼睛。

「十七歲就不能有父母嗎？」

「監護。」

「只有生你的才叫父母嗎？ＮＣ的孩子從十三歲開始就可以找一對父母，你知道這代表什麼嗎？」

「代表我們被拋棄了。」我聳了聳肩。

崔的眼神閃過一抹冰冷的光芒。

「你們和外頭的孩子不一樣，你們能自行選擇父母，能親自面試可以成為你們父母的人，你也不想選擇只有十五分的人當父母吧？」

崔說得沒錯，我們能親自面試父母，要是在面試中覺得印象不錯，或覺得這個人當父母應該不賴，就可以進行第二輪面試。當然了，想要的話還可以在協議之下更頻繁地見面，也可以透過全像投影交流。之後，雙方在ＮＣ的合宿所生活一個月，假如也平安順利地度過，就可以離開NC，前往父母的家。年滿二十歲前，監護會定期查訪，確認生活情況，調查孩子的滿意度，確認其身心狀態。因此，將我們帶回家的父母必須持續觀察、瞭解孩子喜歡什麼、討厭什麼，有沒有碰到什麼問題，這樣監護登門拜訪時才能回答得當。

「不過，」崔用手把頭髮往後撩，窗外的天色變暗後，燈光便自動亮起，將室內照得通明。感應器也亮起紅燈，諮商室的溫度和濕度都自動做了調節。「也有些孩子不得不在十五分的父母底下生活。」

關於我們的一切，崔比任何人都瞭若指掌。只要點一下就能閱覽所有孩子密密麻麻的資料，包括進入中心的日期、身體指數、性格與性向等。

但我們對監護卻一知半解，連他們的名字都無從得知。他們僅以姓氏存在於中心，也無法確認那是不是真實的姓氏，因為這些人不過是保護、觀察我們、替我們配對父母的監護人。

我完全不知道崔的人生境遇，又是怎麼成為監護的。雖然覺得有點不公平，但我不曾對這種不對等的關係提出異議。

告知晚餐時間的鈴聲響起，崔硬邦邦的冰冷臉孔也再次漾開溫柔的微笑。

「不瞞你說，我也不滿意那些人，一眼就能看出他們的心思。你知道為什麼朴要刻意向你推薦那些人嗎？你不願意還硬要你進行面試。」

監護笑著說，但我可一點都笑不出來。

「因為中心也沒剩多少十七歲的孩子了嘛。」

大部分孩子都在十七歲前就遇到父母，離開ＮＣ，也唯有這樣，中心的業績才會提升。

她呵呵輕笑，舉起咖啡杯。「是為了保護天真的孩子。」

見我不明所以地眨著眼，似乎需要額外解釋，崔趕緊補充：「要是讓那些傻呼呼的孩子去面試，一定會想都沒想就說好，也會立即就對下次訪談說ＯＫ吧。只有像你這樣的孩子才能一眼看穿那些人。既然他們已經碰了一次壁，暫時會被禁止出入ＮＣ。本來還擔心他們看起來口風不怎麼牢，不過既然他們已經簽約了。業績壓力就……」

崔突然驚覺自己失言，連忙咬住下唇。這時，我才總算明白朴說「辛苦了」的言下之意。是啊，假如是阿奇這麼單純的孩子去面試，搞不好會爽快答應下次的訪談。朴果然經驗老到，所長也不是每個人都能當的。

「去吃飯吧。」

「我沒胃口。」我邊說、邊跟著崔起身。

「你，最近都沒有好好吃飯喔。」

「上個月的身體檢查，我還名列前百分之十耶。」

這是許多孩子一起生活的中心，要是有人感冒，病毒就會迅速傳播出去。基於這個理由，我們每個月都要接受健檢，身高、體重、視力、聽力、血液和體脂肪等都會精密檢查。對於未達平均、體質虛弱的孩子，以及超出平均、體重過重的孩子，中心很快就會替他們安排飲食調整和運動處方。有別於外界的憂心忡忡，我們在中心裡吃好睡好、健康地成長茁壯，因為我們是珍貴的「國家的孩子」。

我走出諮商室，回到寢室，打開智能手錶後，全像投影跳到空中。

「螢幕。」

收到指令後，白牆上出現了黑白經典電影的播放畫面。聽說很久以前，家家戶戶都有一臺叫作電視的東西。那不會很不方便嗎？明明只要靠一支智能手錶就能投影了。

「轉頻道，五秒。」

話音剛落，頻道就開始跳轉，大部分都是無聊到爆的節目，我很快就索性關上螢幕。畫面消失後，眼前再次變成一面白牆。我整個人無力後仰，癱倒在床上。

父母不想撫養孩子時，會讓母親在國家營運的醫學中心生產，並把孩子託付給NC中心。隨著這樣的父母增加，NC的孩子也變多了。

NC中心在創立初期就毀譽參半，對立的雙方人馬僵持不下。一派批判這是將父母的棄養行為正當化，但另一派主張，如果不提高生育率，就連國家的存亡都會岌岌可危。於是，贊成照顧被拋棄的孩子、把這視為國家義務的聲浪也變高了。

大家對NC的看法眾說紛紜、理念對立，猶如被拉緊的橡皮筋般一觸即發。不過，在那個令眾人震驚不已的事件發生後，對NC的負面觀感便如骨牌般一面倒，再也不受控制……

耳畔響起熟悉的門鈴電子音，我朝門喊了一聲「保安」，系統門窗功能啟動，門的中間咻地變得像玻璃般透明。

奇怪了，是小幫手，但我沒叫他來啊。

「開啟。」

門打開後，小幫手進來了。看到他手上的三明治和牛奶，不用問也能猜到是誰送來的。按下小幫手胸口一閃一閃的按鈕，一個熟悉的嗓音傳了出來，占滿整個空蕩蕩的房間。

「健康絕不是憑空得來的，至少把這些吃了吧。」

聽到崔的聲音，我也不由自主地輕聲笑了。假如朴所長是個老古板的原則主義者，崔則是會在遵守原則的範圍內，盡可能給孩子方便，順著情緒的細毛撫摸，靈活地處理事情，是崔才有的能力。

小幫手離去後，我才拿起三明治咬了一大口。

「硬逼不想吃飯的人吃飯，這地方把我們養得可真好。」

說時遲那時快，門冷不防地被打開，阿奇的臉頰紅通通的，大喊：

「哥！我也要去參加 Paint 了！」

這裡甚至還很勤快地替我們找家人呢，就像你沒有胃口吃飯，那我就餵你吃三明治。我將吃了快一半的三明治放回盤子，飯都吃不下了，難道三明治就嚥得下去嗎？

父母面試開始

「你別抱太大期待。」

聽到我的話，阿奇露出「為什麼」的疑惑表情，不解地眨了眨眼。

「我希望父母長得很帥或很漂亮，聲音好聽，健健康康，和我一樣會玩風浪板的人！如果喜歡做菜就更好了，這樣只要我想吃的，不就都可以做給我吃了嗎？監護說，之後會給我看全像投影耶，他們會是什麼樣的人呢？」

我靠坐在床沿，看到這小子滿懷期待，我不由自主地開始不安。畢竟期待越高，失望也就越深。

「也可能是頂著個圓圓的啤酒肚、滿臉皺巴巴的人啊，別說玩風浪板了，搞不好連走路都討厭得要命。做菜？現在有誰會親自下廚啊，都是在外面買現成的，還有，你別太相信全像投影，那些都有修過。」

「哼，哥哥真壞。」

阿奇不高興地嘟起嘴，我則咧嘴嘻嘻笑著，雙手十指交扣，悠哉地擱在後腦杓上。瞬間，腦海浮現了在諮商室時對上的崔的眼神，她的眼神黯淡混濁，和平常很不一樣，很讓人介意。

女性監護幾乎都是在第一中心照料、養育幼兒，尤以管理女生的G中心最多。最後中心必須親自替孩子配對父母，工作繁複又刁鑽，我很好奇為什麼崔要來這裡。但又忍不住想，搞不好就是因為這麼棘手，崔才會選擇這個全國業績吊車尾的地方，就像是碰到越複雜的公式就越振奮的數學家，或是山路越險惡，雙腿就會更來勁的登山家。莫非崔是帶著挑戰精神來的嗎？

這是個生育率低、父母生下孩子後也不打算撫養的社會。政府鼓勵大眾領養NC的孩子，於是慢慢的，大家也開始對NC中心產生興趣。他們主要希望領養已經能大致聽懂別人說話、舉手投足討喜的五歲孩子，領養新生兒則比較有壓力。不過，隨著一心覬覦政府福利、隨意申請父母面試的人增加，整件事開始出現副作用。不僅發生父母放任、虐待子女的情況，還發生了更駭人聽聞的事。政府看不下去，提高了ＮＣ的孩子能被領養的年齡，唯有能明確表示喜惡對錯的十三歲以上孩子，才能參加父母面試。當然，也不是沒人對此表示憂慮。

「不是嘛，連我自己懷胎九月生下來的孩子，到了青春期都會看不順眼了，孩子長到那麼大，誰想帶回家？再說了，如果到那個年紀都沒辦法離開中心，難道不是孩子有問題，或根本不想要有父母嗎？」

沒想到，民眾的意見沒有按照政府計畫的方向發展，提高年齡限制後，反而有更多人對ＮＣ中心產生興趣。原因有二，其一是相較於辛辛苦苦地拉拔年幼的孩子長大，可以縮短超過十年的養育時間；其二是可以先領養育補助和年金的福利。當然，領養孩子後，父母必須確保孩子在五年內沒有發生任何問題，之後每隔五年要接受檢查，確認有無異狀。倘若中間發生任何狀況，父母就必須付出相對應的代價。隨著南北韓交流漸趨頻繁，雙方宣布休戰後，一部分國防預算轉為謀求國民福利與穩定出生率的資金。首要之務，就是進行攸關國家存亡的專案——設立ＮＣ中心。

在ＮＣ生活的年齡上限為十九歲，之後就必須離開中心自力更生，但社會上歧視ＮＣ出身者的氛圍久久不散，大家都認為自己和ＮＣ的人有別，帶著高高在上的優越感。對於被親生父母撫養長大的人而言，ＮＣ出身者不可能和自己平起平坐，正如同對待那些外型與人類酷似的小幫手，一般人對ＮＣ出身者的鄙視，也如空氣般瀰漫各個角落。總之，就是在那件事爆發之後……

「哥哥，」阿奇冷不防地問我：「你不想有自己的父母嗎？」

我沒有回答，只是瞥了阿奇一眼。想到父母這個詞，腦袋就像被打翻的象棋盤般亂七八糟。當然啦，有了父母自然是好處多多，可以擁有平凡的名字，就像外面世界的孩子一樣，而不是如機器序號般貼在自己身上的數字；可以擺脫中心，想去哪就去哪，也可以不上中心附設的學校，而是在普通學校展開新生活。最棒的是，可以擁有我自己的房間。

「我也不知道，感覺就像被帶去賣掉一樣。」

可是，我又覺得一切都很虛偽。所謂父母，彷彿只是一群垂涎透過我得到各種好處與保障的人。看到我的全像投影時就莫名有種感覺？你不如說貓咪會汪汪叫還比較像回事。

「就不能想成是互相配合嗎？」阿奇撓了撓太陽穴，喃喃自語。

每次碰到尷尬的情況，阿奇就會做出這個動作。等哪天阿奇有了父母，他們也會知道吧，這小子有哪些好的、壞的習慣，性格如何，甚至是飲食的喜好。假如真如阿奇所言，雙方能好好互相配合……突然，我又想起崔的話。

「也有些孩子不得不和十五分的父母生活。」

假如我不是在ＮＣ長大，而是外面世界的孩子，我根本毫無選擇權，我只能和十五分，不對，可能只有五分的父母生活。阿奇口中的「互相配合」，也許只是天方夜譚。

「我覺得我們選擇父母，就跟結婚一樣。」

結婚？我訝異地看著阿奇。

「結婚不就是這樣嗎？原本你是你、我是我，但簽下合約後，兩人就住同一個家裡，要互相磨合，所以一開始會吵架，但時間久了就會習慣，要不然也可以離婚。父母和子女的關係，不也是這樣嗎？」

碰到要仔細說明自己的想法時，阿奇就會露出很大人的表情。不過，選擇父母和結婚，這兩件事真的相似嗎？我覺得很難說。

「選擇父母跟結婚，好像不太一樣。」

阿奇又帶著「為什麼」的表情眨了眨眼。

我閉上眼睛，沒有再說下去，腦袋頓時湧入各種雜音，頭好暈。

嫌犯殺害了十二人。那是發生在十多年前，如今已在人們記憶中逐漸模糊的事。在我十三歲、剛進入最後中心沒多久，偶然看到了當時的新聞片段。那是個令人飽受衝擊的訪談，影片被大規模報導散播到全國，而這前所未聞的兇手的臉，甚至沒有經過馬賽克處理。他吐露了埋怨父母生下他卻狠心拋棄，長久以來計畫犯案的心境，甚至說出駭人聽聞的告白——假如沒有被逮捕，他絕不會就此罷手。他的話透過媒體，瞬間震撼了全世界。而他，正是NC出身。兇殘的故事如火苗般快速點燃，毫無根據的怪談也被說得像真的一樣，傳得沸沸揚揚。

為了及時滅火，政府制定了新的法條，當孩子被新父母領養的那一刻，NC的出身紀錄就會如魔法般從身分證上消失不見。因此NC的孩子認為，找到父母，將有利於往後的人生。

默默地替想要領養孩子的人與NC的孩子牽線，將他們用名為家人的線綁在一起，正是NC中心扮演的角色和宗旨。當然，不是隨隨便便就能成為父母。預備收養父母（pre foster parents），簡稱「預備父母」的這些人，要經過縝密的資料審查、健康檢查及心理測驗，其中最重要的莫過於稱為「父母面試」（parent's interview）的重要關卡，NC的孩子以英語發音，暱稱為「Paint」。

對NC的孩子來說，「參加Paint」就代表要參加父母面試。不知道最早是誰發明這個說法，搞不好是突然憑空出現的。第一個這麼說的人，是希望顏料能徹底抹去我們是NC出身的事實呢，還是希望孩子能挑選出喜歡的顏色，彩繪自己的未來呢？我認為，所謂父母面試，是將各自不同的色彩相互暈染、融合的過程。混色之後，顏色可能呈現比先前更明亮的光彩，也可能變得混濁不清。

隨著預備父母和ＮＣ的孩子成為一家人的家庭增加，原本表面上的問題接二連三地消失了，慢慢的，ＮＣ的孩子無聲無息地自然融入社會，歧視也明顯減少了。

在Paint的流程完全結束前，政府會保護孩子的身分，管理並監督ＮＣ中心，甚至在裡頭設立學校，好讓孩子能在中心內進行一切生活起居。扣除一年兩次的團體旅行，孩子們幾乎不可能離開中心到外面去，直到年滿十九歲，自己走出中心為止。

「我們和預備父母之間，缺乏最重要的東西啊。」

我目不轉睛地看著這小子，雖然內心默默覺得是否說了不該說的話，但說出去的話如潑出去的水，即便殘忍，該說的還是要說，也是為了這天真的小子好。

「愛。」

聽到「愛」這個字眼，阿奇一雙黑溜溜的眼睛不自覺地震動了一下。他是個心腸很軟的孩子，聽到這種話很容易意志消沉，但早點明白不是比較好嗎？不是有句話叫作良藥苦口。

「那麼，生下我們的父母就有愛嗎？」

這次眼神慌亂的人不是阿奇，而是我。

「我玩風浪板時，問了小俊二〇三。我問他，為什麼六月來NC中心的孩子特別多，我想小俊可能知道。」

「然後咧？」

阿奇無力地垂下了頭。我忍不住想，早知如此，就該由我來告訴他。以阿奇的個性，肯定不是想捉弄小俊，而是真心好奇，才會不作他想地就問了。

八月有很長的暑假，大家擺脫一成不變的繁忙日常，去山上、海邊、島嶼或國外旅行，在耀眼的美景中盡情享受自由，接著隔年六月，孩子相繼出生，這就是有很多小俊與俊妮的原因。

「可是哥哥，你知道小俊說什麼嗎？他說他之前待的第二中心，也有很多阿奇。」

我想起了聖誕節。看到阿奇刻意笑得很燦爛，內心的一角隱隱作痛。只是，追究這種事又有什麼用，我們最終都是被拋棄的孩子。

「我呀，如果遇到了好父母，一定會對他們很好很好，我會替他們過父親節、母親節，碰到他們結婚紀念日或生日，也想送禮物和花給他們。」阿奇頓了頓，「哥，我覺得愛也是創造出來的。」

阿奇的心地比我想的更溫暖，比我所認識的更懂事，也更細膩。真是徹底被他打敗了。

我輕輕摸了摸阿奇的小腦袋，笑說：「你一定可以遇到很棒的父母。」

我真心希望好的預備父母會出現，因為阿奇是個性格開朗又天真爛漫的孩子，光是看著他，嘴角就會不自覺地泛起微笑。

「哥，我跟你說喔。」

「怎麼了？」

「崔之前說，要我參加Paint時不要畏畏縮縮的，但我覺得我好像會很緊張。」

崔說得沒錯，選擇父母的權限完全掌握在我們手上，就算對方是大人，我們也不必恐懼，或小心翼翼地看他們的臉色。只要不喜歡，隨時可以說No，這是我們的權利，也是我們的義務。

在Paint淘汰的人會簽下禁止將NC相關事項外流的保密合約，雖然我不清楚詳細情形，不過從中心不曾發生什麼大事看來，應該是有提供某種補償措施。

「他們會是什麼樣的人呢？好好奇喔。」

「看到全像投影後再說吧，光是看全像投影，也有可能倒盡胃口……」

「哥真的好討厭！」

阿奇火冒三丈，雙頰也氣呼呼地鼓了起來。這樣說雖然很壞心，但看到這小子那麼興奮，實在無法不替他擔心。也許像是看到了十三歲時的自己吧？心中浮現「期待越高，失望越深」這句話，也不是沒有原因的。

◆

「摩擦會發生在互相接觸的物質之間，每一次都是發生在與運動方向相反的方向……傑努，你在做什麼，怎麼不點選畫面？」

我呆呆地望著窗外，這時才將頭轉向物理老師。

「您為什麼不說三〇一？」

聽到我沒好氣地回答，老師蹙緊眉頭。

「這裡就只有你一個傑努，有必要加上編號嗎？」

「因為三〇一比較像是我的名字。」

老師搖搖手，示意我別再說了。點下「摩擦原理」的字樣後，畫面上出現了紅色盒子。無聊透頂的課程持續著，我環顧教室裡的孩子，在NC中心，十七歲的孩子是年紀最大的一群，因為大部分在年滿十五歲時就會配對成功，離開中心。慢一點的十六歲離開，直到十七歲還留在中心的只有寥寥數名。我轉頭看向諾亞，說得再精確一點，是諾亞三〇八。

終止收養是很困難的事，聽說不僅要歸還政府補助，還要繳罰金。諾亞在十五歲時離開中心，但不到半年就回來了。

「他們逼我信教啊，每次吃飯都要祈禱，這還可以忍受，但在如黃金般珍貴的週末，一整天都要待在教會聆聽佈道，而且坐在最前面，也不能偷打瞌睡。這些都算了，明明我就無心參與，幹麼要逼我去服事啊？話說得好聽是叫『鄰居』，不就是群素昧平生的人，卻叫我去奉獻？這我真的做不到，我沒那麼高貴。吵過幾次後，我實在厭倦了，就說我要回ＮＣ。說句真心話，扣除這點，其他都還可以……總之，他們是群徹頭徹尾的騙子，paint時還說什麼不用在意宗教。」

重新回到中心的孩子不只諾亞。雖然已經選擇了父母，但如果發現他們意想不到的專制、漠視孩子，或哪裡讓人不舒服，孩子們就會毫不猶豫地回到中心。大部分十七歲的孩子都是有過一次領養經驗，或曾經走到領養前的階段。去年有一個十六歲的孩子隨著第三對父母離開，從迄今毫無音訊看來，應該是和父母相處得還不錯。要是外面的孩子知道可以把不滿意的父母換掉，不，如果他們知道可以選擇父母，會怎麼想呢？

下課鈴聲響起，聽到老師說「今天就到這邊」，孩子們紛紛伸了個大懶腰，我也把畫面的上課內容儲存後站起來，螢幕自動收進書桌底下。到現在都還在用舊型螢幕上課，想必也是因為中心業績不好的緣故。看來最後中心已經徹底成為總部的眼中釘了。

「傑努，你等一下也會來ＶＲ室吧？」諾亞問道。

今天是星期一，我們可以使用ＶＲ室。

「當然囉。」

聽到我的回答，他一臉慵懶的打了個哈欠。

「欸，你知道在外面最棒的一件事是啥嗎？就是隨時都可以去ＶＲ室，不像這裡規定只有特定的日子才能去。父母就算了，我倒希望可以再次被領養，就能在ＶＲ室玩個痛快。」

在外頭，蒙著眼睛都能找到ＶＲ室，這裡卻很珍貴少見。也因此，如果不是在限定年齡可用的日子，就不得進出。遊戲種類也同樣受限，具暴力性或腥羶色的遊戲是不可能引進的。存在於外面的世界，但在這裡連看都沒看過的遊戲不計其數。

諾亞突然笑了出來。

我露出「幹麼？」的疑惑表情，這小子繼續咯咯笑。

「剛開始，我很努力避免和父母起衝突，但實際生活跟在臨時宿舍的那一個月根本無法相提並論。首先，家裡沒有和NC一樣的長廊，這讓我渾身不對勁，只在廣告上看過的迷你小幫手忙碌地跑來跑去，整間屋子散發家庭特有的氣味，那是在中心時聞不到的。我往窗外一看，也沒有習以為常的全像投影森林。山林竟然會在那麼遙遠的地方，實在太陌生了。」

雖然不曾親眼目睹，但我很能體會諾亞想表達的感覺。

「可是，你知道最好笑的是什麼嗎？」諾亞看著我，「被親生父母撫養長大的孩子也半斤八兩。」

見我帶著「什麼意思？」的眼神，諾亞露出苦澀的笑容。

「去了一般的學校才發現，那些孩子也很努力避免在生活上與爸媽起衝突。」諾亞陷入沉思片刻，又冷不防丟出一句：「好像是覺得很煩吧。」

「很煩？」我反問。

他點點頭。「聽到那句話後，我覺得有點反感。」

「為什麼？」

諾亞默默凝視前方一會兒，目光才不疾不徐地回到我身上。

「他們都是一群身在福中不知福的傢伙啊。父母生他們、養他們、照顧他們，卻嫌父母很煩？真是差勁。不過我又忍不住想，會不會父母也覺得那些孩子很煩，會對他們不耐、大發脾氣？畢竟我認為，事出必有因。」

還以為這小子滿腦只想著遊戲，沒想到也有心思深沉的時候。沒錯，確實如諾亞所說，事出必有因。埋怨對方，說出「你怎麼這樣？」前，不是應該先思考造成對方這麼做的真正原因是什麼嗎？但會想到因果關係的人似乎並不多。

「哎呀，您在外頭領悟了大道理呢。」

聽到我揶揄的語氣，諾亞露出「那當然」的表情，嘴角也不由自主地上揚。

「那拜託你學著怎麼『應用』好嗎？發脾氣前，先想想後果。」

「喂，脾氣火爆本身就是結果，因為我天生就是這不耐煩的性格。」

竟然還能這樣解釋自己火爆的性格，總是挑對自己有利的說詞，果然很像他的作風，這是他的優點，也是他的缺點。

下課後，大家三五成群地走向ＶＲ室，我也拖著緩慢的腳步跟在後頭。一抵達ＶＲ室，門鎖感應器便掃描了每個人的臉和虹膜。開始玩遊戲前，兩眼要先植入特殊鏡片。想到可以暫時擺脫無聊乏味的現實，進入夢想的虛擬世界，大家都露出迫不及待的笑容。

「要不要一起連線？」一走進去，諾亞就問我。

「不了，今天我想自己玩。」

「嗯。」諾亞平淡地回應，走進了自己的遊戲間。

我打開隔壁的門，出現了四面八方被漆成綠色的ＶＲ室。

「傑努三〇一，封鎖外部連線。」

遊戲間的燈光熄滅，「傑努三〇一，連線完成」的通知音效傳來。既然已經封鎖外部連線，這裡就成了我專屬的個人空間。我討厭其他人介入，也覺得很麻煩。過沒多久，熟悉的背景音樂響起，眼前出現一大片蓊鬱森林，上次儲存的遊戲開始了。我原本有點猶豫要不要玩其他遊戲，後來還是決定接著玩下去。

「羅馬短劍。」

下指令後，頭頂撒下一道光芒，我也搖身變成一名中世紀的流浪騎士，似乎能感受到手中全像投影短劍的重量。越往前行，森林越發遼闊，地面彷彿跑步機般移動著。要是我停下腳步佇立，地面也會靜止不動，就連一丁點細微的動作，VR感應器都不會錯過。

身軀龐大的翼龍從頭頂振翅飛過，遠方能看到一座霧氣繚繞的島嶼。今天是否能征服那座島呢？光憑我手上的短劍和一身薄如蟬翼的鎧甲，大概是痴人說夢吧。要提高武器和鎧甲的性能，就必須砍殺許多敵人、收集金幣，但我不像其他人一樣會搏命打鬥，總是隨便應付幾個敵人、除掉一頭小龍後就差不多GAME OVER了。儘管只是虛擬實境，但打鬥久了，體力上還是會有點吃不消。很快的，箭就會紛紛從草叢中飛出，敵人也會縱身跳出來吧。我保持警戒，更用力握住短劍。說時遲那時快，從樹木後方射來的飛箭驚險地擦過耳畔，雖然每次都會經歷這一課，心頭仍猛然一驚。但也正是為了這逼真的滋味，才會玩VR遊戲。

「來者何人！」

射箭的小子終於露出真面目，看他胸前的十字架圖案，應該是最基層的守城士兵。

「報上你的身分。」

我聳了一下肩代替回答。畢竟我是流浪騎士，自然沒有身分這玩意。大家還真是重視源頭啊，就像農漁產品講究原產地，對於探究一個人是怎麼生產的，也很興致勃勃。不知道我的源頭是誰，這問題有這麼嚴重嗎？我，就只是我啊。從生物學的角度，生下我的父母當然存在，但我並不會因為不認識他們，或沒有被他們撫養長大，就覺得自己是個不完整的人。我比任何人都瞭解自己。清楚自己是什麼樣的人，不是比我的父母是誰更有價值嗎？為什麼世人對ＮＣ出身的人沒有好感呢？知道生物學上的父母是誰、和他們住在一起，這件事有了不起到足以認為自己高高在上嗎？就是因為很珍貴，才會每天對彼此大聲咆哮嗎？

「我，沒有身分那種玩意。」

我手持短劍，朝敵人飛奔而去。

果然，靠中世紀騎士太吃力了。可能因為這個遊戲的動作太過劇烈，結束後我整個人累癱了。不過，玩了一回合後，壓力頓時消失得無影無蹤。看來下次要玩輕鬆點的狙擊遊戲了。

沖完澡回到房間，正在看牆面投影的阿奇突然轉過頭來。

「剛才監護用智能手錶聯絡，要哥哥你去中心的辦公室一趟耶。」

「哪一個監護？」

「所長。」

阿奇一雙圓圓的眼睛又轉回畫面上。這麼晚了，會要我到辦公室的理由只有一個。如果是生活態度或上課態度不良等問題，只會用智能手錶給予口頭警告。我用毛巾擦了擦濕髮，打開房門。

「哥，幫我把燈光調成就寢模式。」

「你自己用遙控器調整。」

「它在書桌上啊！總之哥哥就是這麼壞。」

我雙手插在口袋，拖著沉重無力的腳步，在走廊上與一群孩子擦身而過時，背後傳來了低聲交談的聲音。

「你不覺得上次看的電影男主角名字還不錯嗎？你有事先想好的名字嗎？」

「已經被叫朱努四〇八很久了，實在不習慣被叫其他名字。」

「繼續叫那個名字又沒什麼好的。」

苦澀的笑聲消失於走廊盡頭，我繼續拖著沉重的步伐來到一樓，站上電動步道。在中心長大的孩子大多很習慣規律和控制，只要是能自己做到的，都會自動自發去做，聽到鬧鈴會自行起床，在規定的時間用餐，成績和健康狀況也自行管理。排隊、等待自己的順序、在規定的時間玩遊戲等規則，猶如在VR室穿上一套全像投影鎧甲，包覆我們的身體。我不認為這樣的習慣有什麼不好，也許在NC生活的我們，才是這個社會最需要的人。

假如我出生於平凡的家庭，會變得如何呢？想必家家戶戶都有各自的氛圍吧，就像大家常說的「家風」。雖然肯定會有自由奔放、與NC大相逕庭的地方，但也一定有比這裡更壓抑的家庭。之前崔說的十五分的父母，他們組成的家庭搞不好就是這樣。從某種角度來看，一般家庭不也是NC的縮小版嗎？正如同NC的孩子對規律與控制習以為常，做得到的事情就自行解決，在一般家庭中長大的孩子，不也會根據他們家的規律和法則去行動嗎？就像會配合周圍環境改變身體顏色的變色龍般。

電動步道停了下來，門開啟後，我朝辦公室邁開步伐。

「進來吧。」

朴想必早就透過系統門窗看到我來了。我朝朴敬了個禮，朴則看著我，嘴角掠過一絲淺淺的微笑。

「阿奇五〇五也安排了面試。」

朴絕不是為了告訴我這件事，才在這麼晚的時間叫我過來。

「真的一定要是好人才行，您也知道，那小子……」

「替你們介紹好父母，是我們的責任。」

這句話果然很符合監護的作風。他是想暗示我，要想長篇大論，最好到此為止。

「因為這樣，你們才能提高業績吧。」

我當然清楚，原因不單純是為了業績。我聽說，有些中心甚至會在一天內替每個人安排兩到三次Paint。只有盡早配對成功，才能提高中心的業績。相較之下，我們中心算是機會少的，而這自然得歸功於所長不希望貿然配對的細膩心思。

「要不要喝杯茶？」

我搖了搖頭，朴移向按鈕的手停在半空中，不疾不徐地打量我的表情，沒有因為我尖銳的反應而輕易動搖，反而展現出願意靜靜等待的從容，直到我敞開心房為止。他所說的「喝杯茶」，是要我安撫心中的尖刺吧。是啊，把業績拿來說長道短，是我沒有拿捏好分寸。

「對不起。」

「你也沒說錯什麼。」見我露出抱歉的笑容，朴用指尖敲了敲桌面。「既然話已經說出口，那我就開門見山地說了。如你所言，我們的業績很重要。這個NC中心是以全國業績吊車尾聞名，總部已經指示，要我們降低預備父母的審查門檻，雖然也不能來者不拒……」

朴的臉色蒼白凝重，按下按鈕後，桌面中間出現一個光線微弱的圓柱，接著全像投影逐漸變得鮮明。我凝視著全像投影中出現的兩個小小身影，是一對三十出頭的年輕夫婦。

「這個嘛，嗯，不瞞您說，我從來不覺得自己喜歡孩子。雖然有些個人因素，但假如是年紀已經大到可以溝通的孩子，是不是會不一樣呢？要是碰到什麼問題，可以靠對話來溝通吧？還是意見衝突會更嚴重……老公，你覺得咧？」

女人的話音剛落，這次換成男人難為情似的搔了搔頭。

「『對話』這兩個字聽起來不錯耶，不要用命令的，而是靠對話。假如當年我爸也這樣想就好了……」

「現在又不是在講你的事。」

女人瞪了男人一眼，再度看著正面。兩人似乎都對這個場面感到很陌生，有些手足無措。

「如果覺得我們這樣的人還可以……」她舉起一隻手臂指了指天空。「那個叫父母面試的東西……我們也可以試試看嗎？」

「可是老婆，我們真的就只有這個辦法……」

「夠了，別說了。」

啪，眼前的全像投影消失不見了。我半出神的凝視著剛才全像投影播放的位置。很久以前，非洲人初次見到雪花從天而降時，就是這種心情嗎？我忍不住心想，自己剛才究竟看了什麼。我迎向朴的雙眼，他似乎覺得很難為情，不停用指尖敲擊桌面。

「真是不好意思啊，那個……」

「所以，您要我和那兩個人進行Paint……？」

朴握緊拳頭，他是出自真心的感到抱歉。朴之所以會如此表露情緒，是對自己的怒氣超越了愧疚感，而他正在極力壓抑。

「換作其他孩子，說不定會受傷，是啊，我知道，傑努你當然也……」

「我願意，請替我安排。」

「我真是沒臉面對你啊……」朴的深褐色瞳孔注視著我，不安地游移著。

「不，我說要參加，並不是因為您。我是真心喜歡那兩個人。」

我想親自見見那兩個人。嘴角不自覺地上揚，表示我說的並不是違心之論。朴露出了怎麼說都不對的為難表情。也是啦，他受到驚嚇也是人之常情，因為我從來就不曾這麼積極表達過內心的想法。

「目前見過的預備父母中，他們最令我滿意。」

朴難以理解地搖了搖頭。「你真是一個很有想法的孩子。」

很有想法，這句話可能是褒，也可能是貶，不過幸虧他沒有說我淨想些沒用的。當然啦，偶爾也會碰到沒用的想法，卻徹底改變了世界呀。

「我希望你可以生活在沒有歧視的世界裡。」

「這個社會本來就喜歡原產地標示清楚的東西嘛。」

聽到這種打趣的玩笑話，表情竟然這麼陰沉，看來我得下修朴的幽默感指數了。他似乎忘了我已經十七歲，早對這類玩笑不痛不癢了。

「你必須更慎重地去思考你的人生。」

我明白朴的言外之意，不過正如我對監護是只知其一不知其二，他對我也是如此。

「沒有人比我對自己的人生更慎重的了，所以才會到了十七歲還無法離開NC。」

我的視線停留在他手背上突出的藍色血管。在那手背下，也有溫暖的血液流動吧。

儘管光看朴那張冷冰冰的臉，實在很難想像就是了。不過，朴又是被什麼樣的父母撫養長大的呢？他生活在什麼樣的環境呢？究竟是在多嚴格的父母底下長大，才會變成這種一絲不苟的原則主義者，連根針都容不下呢？

「只有十五分的父母或帶著NC的印記生活，究竟哪個比較好呢？」

我忍不住笑個不停，想起崔前幾天說的話。

「感覺還不賴啊。」

聽到我自帶嘲諷的語氣，朴的臉上充滿問號。

「至少我還有權選擇父母嘛，世界上還有毫無選擇權的孩子呢。」

我一站起來，椅子便發出喀啦喀啦的聲響，被推至後方。

「請盡快替我安排。」我恭敬地行了個禮，接著轉身面向門的方向。

「我也曾是那些孩子中的一個。」

我再度轉身，和朴四目相交。他蒼白的臉色、尖銳的下巴稜線、高挺的鼻梁和緊閉的雙脣，今天看起來格外冰冷，而深褐色的瞳孔閃現著落寞孤單的光芒。朴，彷彿一座遠在大海濃霧那端的島嶼，籠罩著一層面紗，絕不會輕易將更多面貌示人。

「這是什麼意……」

「面試確定後，我會立刻聯繫你。」

朴打斷我的話，似乎是發現自己失言了，眼神閃過一抹驚慌。朴再次退後，將自己藏匿在濃霧中。既然朴很懂我的個性，我對他也多少有點瞭解，他可不是我問了就會回答的人，最好還是就此打住。

「工作別太操勞了，您看起來很疲憊。」

「這你就別擔心了，我的身體，我比任何人都清楚。」

「不，您不知道，只是假裝知道。您別又像上次一樣暈倒，被人抬走了。」

朴是個不折不扣的工作狂。除了預備父母的身分和職業，朴還會逐一檢視他們的家庭關係、平時嗜好、健康紀錄等總部提供的文件，並再次確認是否屬實。書面審查通過後，他會先找出與預備父母最契合的孩子，接著召集監護開會。分析預備父母傳來的全像投影，最後決定要不要讓孩子見他們的責任也在他身上。工作內容不只如此，孩子的申訴事項和健康狀況都要悉心管理。也因為這樣，自己的健康總是被排在最後面。朴看起來冷靜睿智，但也只有個子高了點，其實全身瘦得像根竹竿。等到明年，我都有信心比腕力時能贏他，搞不好現在就可以了。先前他針對被判定為虛弱體質的孩子進行飲食習慣調查，結果進行到一半自己卻暈倒了，聽說這件事後，大家都大吃一驚，但也都忍不住笑了。

「有人說，健康絕不是憑空得來的。」

「誰說的？」

「崔。」

「確實如此，崔才是最擔憂你們的人。」朴緩緩搖了搖頭，否認自己是最誇張的。

「崔所擔憂的……」

朴的一雙深褐色眼眸楞楞地看著我。

「一定是中心的所有人，包括我們、監護，還有所長您。」

我朝朴莞爾一笑。

究竟把什麼人介紹給你了？

來中心參加Paint的人，個個是笑容滿面，全身上下都在訴說「我們真的好愛你」、「我們已經準備好要當好父母，要把最棒的家庭獻給你」，有時還會有人太過入戲而潸然落淚。他們口口聲聲說，哪怕是晚了點，也夢想能與孩子共度人生，好像下一秒就要從全像投影的畫面跳出來，和我來個感人的擁抱似的。

在全像投影中的男男女女，全都穿上最體面的衣服，皮膚散發明亮光澤，臉上連一條皺紋都沒有。當然，這都是靠修圖的力量。全像投影中的人都溫柔親切，充滿了愛。我可以猜想，他們為了拍全像投影花了多少工夫，要是講到一半卡詞或不小心失誤，一定重拍了好幾次。參加Paint久了，光看全像投影就大概能得知對方是什麼樣的人，雖然我不知道這算是幸，還是不幸。

聽到監護說：「好歹還是親自見一次吧？」

我隨即搖了搖頭，「現在就已經夠讓人失望了，還要我失望得更徹底嗎？」

他們的情緒表現越是誇大，心思就越一覽無遺，連全像投影都掩藏不住。

好想帶一個不需要勞心費神、個性溫馴乖巧的孩子回家，趁早領到政府補助，以後也讓孩子早點結婚，就能靠穩定的年金過日子了。

明明目的這麼簡單，卻囉唆了一大串冗長乏味的話，嘮叨個沒完，不僅說者累，也讓聽的人失去耐性，透不過氣。

「嗯，不瞞您說，我從來不覺得自己喜歡孩子。雖然有些個人因素，但假如是年紀大到可以溝通的孩子，是不是就會不一樣呢？」

全像投影中的女人打扮平凡，頭髮束緊綁在後頭，臉上脂粉未施，穿著休閒的運動服。弓著腰站著的男人也差不多，他看起來就像是事情做到一半跑出來，黑色圍裙上沾染五顏六色的顏料，應該是位畫家。我似乎窺見了他們特有的自由奔放？總之，在所有看過的全像投影預備父母中，第一次看到打扮這麼隨興的人，也是頭一遭有人講話這麼直率。

竟然有人想參加父母面試，卻說從不認為自己喜歡孩子。個人因素又是什麼？肯定是錢的問題吧。兩人就像他們未經修圖的全像投影，言行舉止毫不扭捏造作。會找上中心的預備父母，真實目的通常都是想享有政府福利，真要說有什麼差異，大概就是竭力想隱藏真相，以及開誠佈公說出來的區別了。

倘若沒有業績壓力，朴絕不會給這對預備父母面試機會，我可以猜想得到，朴在告訴我之前有多苦惱。看到這麼不加修飾的預備父母，八成也沒人會想參加Paint，就算有，最後也只會留下心靈創傷。要是阿奇，搞不好會大失所望，不過我莫名地被這兩人吸引了，真想不到，現實生活竟然會出現這麼有趣的人。

「阿奇，把螢幕關掉。」

這小子嚇一大跳，身體也跟著抖了一下。阿奇轉過頭，用嘴型問我：「哥是怎麼知道的？」我噗哧一笑，沒有回答。阿奇關掉了螢幕。

「失望了嗎？」

聽到我問的問題，阿奇望著天花板。

「從全像投影看起來，他們很和藹可親。」

走出辦公室後，阿奇的小腦袋就一直想著同一件事。和可能成為父母的人見過面後，心情會變得非常微妙，有時也會不符合期待而感到失望。而且說句真心話，那種狀況顯然要多上許多。總之，結束Paint回到生活館後，胸口都會覺得很悶，就像裡頭裝了許多小石子。

「你要參加Paint了嗎？」

那小子點點頭。

「沒關係，不想去的話，現在取消也不遲。」

要是改變主意，一週內都可以取消申請。聽說其他中心規定三天，但我們會給一週的時間。這會不會也是朴爭取來的呢？

阿奇沉思了一下，眼神發光的說：「哥，聽說他們是有錢人。」

我靠在牆上，挺直腰桿。「朴說的嗎？」

對預備父母進行滴水不漏的調查是朴的職責，假如這是朴說的，那就具有可信度。

有錢人找上NC的情況很罕見，這是眾所皆知的，因為他們壓根就不需要政府福利這類東西，因此，假如他們找上NC，可能是真心想要有個孩子。

這小子有氣無力地點點頭。

「那你有什麼好失望的？趕快讓朴幫你安排時間啊。你這小子，該不會想要求什麼帥氣爸爸或漂亮媽媽吧？」

「不是啦……」阿奇話尾含糊，同時瞪了我一眼。「是他們年紀有點大。」

「多大？」

「差不多是爺爺、奶奶的年紀了，聽說他們有一個兒子，但住在國外。」阿奇吐出無比沉重的嘆息，實在很難相信是出自十四歲的孩子。「我……要不要取消？」

「為什麼？因為他們年紀很大？搞不好他們比年輕的預備父母更……」

阿奇搖搖頭。

「我知道。他們應該才剛過六十，兩位看起來精神抖擻、很有活力，爺爺的嗜好是釣魚和做菜，奶奶是去旅行。」

究竟把什麼人介紹給你了？

「欸，那不正是你的理想父母嗎？還有，現在有誰會叫六十歲的人爺爺、奶奶？再說了，他們連撫養經驗都具備了……」

這對預備父母簡直是為阿奇量身打造。監護果然很瞭解阿奇，不對，是很瞭解這裡所有的孩子，誰想要什麼樣的父母，什麼樣的人和孩子相處融洽。在這裡當所長，一定加倍辛苦吧？我突然浮現這種想法。

「哥……要不要代替我去見他們？」

聽到阿奇的話，我的胸口砰地往下一沉，難道他一直表情凝重的原因是……

「如果是他們，哥哥應該不會有被賣掉的感覺，哥哥想要的……」

「阿奇。」

「哥，你不是只剩三年嗎？不對，正確來說是兩年幾個月。」

「所以咧？」

阿奇的眼神彷彿暴雨中的樹枝，不住搖晃。

「我問了監護，是不是可以讓給哥哥。」

我的喉頭彷彿吞下了一塊燒紅的鐵塊，灼熱不已。這小子的心思要比我知道的更為深沉，而且善良得像個傻瓜。

「朴怎麼說？」

要是朴說這樣也可以，從今天開始，我就會拒絕所有的Paint。如果要用這麼離譜的方法擁有父母，還不如立刻離開中心，讓NC的標籤跟著我一輩子。

「朴說，其實一開始有考慮哥哥，但後來改變了主意，他說，感覺我是最該獲得這兩位關愛的孩子。」阿奇低聲嘀咕。

聽到阿奇的話後，腦海浮現了朴的臉孔，內心的角落再次冷靜了下來。阿奇是個柔弱善良、比任何人都渴望愛的孩子，他需要那種能無條件愛他的父母。如果是這兩位，一定會很疼愛阿奇。

「朴還補了一句，就算先介紹給哥哥，哥也會推薦我。」

被人看穿心思不是什麼太愉快的事，不過，有時也會心生感激。好比有人很瞭解我，卻很貼心地沒有表露出來就是如此。大家總是把別人的事想得過於簡單，也很輕易說三道四，犯下以管窺天的錯。在這些人之中，有多少人真正瞭解對方呢？明明他們連自己的心都摸不清了。

「都聽到朴這麼說了，你還苦惱什麼？」

我開玩笑地伸手把阿奇的頭髮弄得一團亂。和這小子生活在同一個房間的日子大概也所剩無幾了，大人所說的百感交集，就是這種滋味嗎？

「恭喜你，遇見了很棒的預備父母。」

「唉唷，第一輪面試都還沒一撇呢。誰知道他們對我滿不滿意，他們也可能對我的全像投影感到失望啊，親眼見到後，也可能更大失所望。」

「又在擔心一些有的沒的了。」

阿奇不明白自己有多可愛、多討人喜歡，光是看著他，心情就會好起來，猶如一瓶清涼暢快的汽水。

「你還是花心思想一下要取什麼名字吧。」

「我想要以後和父母一起討論，他們也可能會有想叫的名字嘛。」

這小子嘻嘻笑著。這麼純真無邪的孩子，有誰會討厭呢？阿奇一定會得到父母滿滿的愛，在更寬廣的世界過著幸福的日子。

「可是啊，哥。」

「怎麼？」

「朴在提到哥時，表情很難看耶。哥哥又一概拒絕了嗎？大家都很急著替哥哥找到好父母呢。」

我將十指交扣的雙手往頭頂拉，伸了個大懶腰。話說回來，不是只有阿奇才有好消息可以分享。

「朴沒說嗎？」

阿奇眨了眨眼，用「說什麼？」的表情反問。

「Paint，我也會參加。」

「什麼？什麼時候？」

「我請朴盡快替我安排。」

阿奇似乎很詫異，大聲問：「真的嗎？哥，你不是每次都說不要嗎？」

我咧嘴露出笑容。「我也難得遇到了滿意的人啊。」

讓我這麼想嘗試Paint的人，搞不好還是第一次。

「很可疑喔。」這小子將雙眼瞇成一條細線，打量我全身上下。「可是，為什麼朴的表情那麼難看？」

NC的孩子都很懂得察言觀色，只憑表情或一個眼神，就能輕易察覺對方的心情。連阿奇這麼單純的孩子都會看臉色，也許環境真的會造就一個人吧？不對，看看諾亞那小子，好像又不是這樣。

「你有看過朴笑得很開心的樣子嗎？」

阿奇搖搖頭。

「朴每天都是一張撲克臉啊。」

「真的，又很會流鼻血。」

又來了？看到我傻眼的表情，阿奇聳了聳肩，一副「不流鼻血才奇怪吧」的樣子。

的確，朴不分晝夜地工作，身體那麼虛弱，當然會吃不消。

「是說，哥，朴幾歲了啊？」阿奇問。

我想了想，雖然不知道準確的年齡，但從外表來看，我猜大概三十五歲左右。

「可能三十四、五？」

「結婚了嗎？」

「怎麼可能結？他可是以中心為家的人耶。」

扣除保健室值班的醫生和朴，其他工作人員都有固定上下班時間。對監護來說，中心就是家，不過到了週末，只會留下最少的人員，其他監護都會返家。在那少少的人員中，朴至今從未缺席。到了週末還留在中心和孩子們生活的所長，他可能是空前絕後的一個。

「朴的父母一定為這個只知工作的兒子操了不少心。」

可能如此，也可能不是，畢竟別說是朴的年紀了，我們連他家裡有哪些人都不知道。

「哥，我想了一下喔。」阿奇悄悄地瞄了瞄我的神色。「朴如果是你的爸爸，感覺好像很合適。」

就一位監護來說，朴深具魅力，假如朴有子女，會不會反而成為太過忙碌而忽略孩子的父親？

「這是毀謗喔。」

咚，我敲了一下阿奇的腦袋，阿奇不滿地回瞪我一眼。

◆

一下課，大家就不約而同地按下按鈕，降下螢幕。窗外的樹木隨風翻滾著，將陽光抖落在地。種植在運動場上的並不是全像投影，而是真正的樹木。唯有窗外的森林是假的，坐在枝頭上梳整羽毛的鳥兒，也都是活著的生命體。我呆呆望著窗外，不知是誰輕拍了一下我的肩，我轉頭，看到諾亞滿臉笑容，倚坐在書桌邊上。

「比隨心所欲地去VR室更棒的是什麼？當然就是欣賞女生啦。一般的學校多半是男女合校，B中心太死氣沉沉了，放眼望去全是男的。」

回到中心後，諾亞有好一段時間三句不離外面的世界。既然那麼棒，怎麼不待在那裡湊和著過，幹麼又跑回來？

我露出「幹麼？」的表情注視諾亞。

「你和所長發生什麼事了？」

這小子居然連我的行程都掌握得一清二楚，誰安排了面試行程，監護都視為機密，但一切都是徒勞，因為我們會很大方地分享自己何時要和什麼樣的人進行Paint，結果又是如何。儘管如此，知道我要Paint的人目前只有阿奇。依那小子的性格，不可能當個大嘴巴到處講，這小子究竟是怎麼知道的？不對，仔細想想，諾亞問的是朴和我發生了什麼事。

「什麼意思？」我直勾勾地看著諾亞，碰到這種情況，別率先開口才是上策。

「因為昨天朴和崔在吵架，他們提到了你的名字。」諾亞一臉懶洋洋，搔了搔後腦杓。

「吵架？」

「真要說起來，是崔一個人劈哩啪啦說個不停。」諾亞把手掌作鳥嘴狀，上下不斷張合。

他的意思是，崔單方面的攻擊朴？等一下，他們兩個在吵架，這小子又是怎麼知道的？我們的行動半徑就只有學校、生活館和禮堂，而監護主要是在中心大樓工作。當然，監護也不時會為了申請諮商或維持秩序而到生活館，但他們主要的活動範圍也同樣是中心大樓。此外，兩人在孩子所在的生活館起口角，這根本就說不過去。況且這人還是所長，怎麼可能在諾亞面前大小聲。

「你怎麼知道他們兩人吵架？」

這小子撓了撓太陽穴，露出微妙的笑容。

「我在ＶＲ室玩遊戲，玩到一半跟連線的人槓上，又很倒楣地被黃抓包，就去寫反省文啦，而且還是手寫。對了，你知道懺悔室改了嗎？本來在體育館旁邊，但全拆掉了，加上體育館擴建，所以搬到了中心大樓內。」

懺悔室（remorse room），顧名思義就是用來懺悔和反省的房間。如果違反生活館的規定、惹事生非或使用暴力，智能手錶就會被沒收，而且要到懺悔室寫反省文。我隱約記得有看過因體育館擴建，所以懺悔室遷至中心的公告。

我用眼神示意諾亞繼續說。

「黃給了我一支筆和一張紙就閃人了。本來就沒什麼好寫的，要我用手寫，就更寫不出來了。可是奇怪了，外面突然好吵。我研究了一下，發現原來懺悔室是所長辦公室改建的。之前辦公室的角落不是放了一張簡單的床，方便所長休息嗎？就是在那裡設了一道牆，多打通了一扇門。」

「辦公室？」

這小子點點頭。啊，原來是這麼回事，為了增加孩子的體育設施，犧牲了自己的休息空間，果然很像朴的作風。

「所以呢？」

「我還能怎麼做？」諾亞揚起一邊嘴角，嘻嘻笑著。

中心的保安系統會在辨識監護的聲音後啟動，等於監護的聲音是鑰匙，也是按鈕，但為了防止偶爾發生未啟動的狀況，也有遙控器。正在寫反省文的諾亞看到的就是那個遙控器。不知為何，遙控器就這麼大剌剌地放在桌上。諾亞迅速拿起遙控器，按下保安鈕，懺悔室的門變成玻璃的系統功能，將另一頭的辦公室看得一清二楚。朴和崔都沒有發現諾亞就在門的另一頭，諾亞忍不住嚥了嚥口水，同時準備著每分鐘都用遙控器按一次保安鈕。

「您那麼重視原則的人，怎麼能不開任何會議，就擅自把全像投影秀給傑努三〇一看呢？又怎能把面試機會給那些連最基本的概念都沒有的預備父母！」

「小聲點。」

「您打算拿傑努當犧牲品到什麼時候？您就沒想過那孩子可能會得到傷害嗎？傑努已經沒有時間了，那種離譜的面試只會讓他把心房鎖得更緊。業績就這麼重要嗎？您對業績有這麼飢不擇食，足以讓您把孩子丟給不具資格的預備父母嗎？」崔的情緒越講越激動，也越講越大聲。

朴仍是一貫的冷靜口吻：「這是那孩子想要的。」

「我還以為您比任何人都擔心傑努，看來是我誤會了。」

朴直盯著她，眼神閃過一抹冰冷的光芒。

「傑努是個聰明的孩子。」

「沒有表露出來，不代表沒有傷痛，我是什麼意思，所長應該比誰都瞭解。」

朴看著氣沖沖地轉身離開辦公室的崔，一屁股跌坐在座位上。

「喂，你有沒有在聽我講話？究竟朴把誰介紹給你啊？」

聽到諾亞洪亮的聲音，我才回過神來。我左思右想，我的選擇似乎讓朴陷入左右為難的窘境，而且還不是其他人，是崔誤解了所長，這也不是我樂見的。

「沒什麼。」

這小子歪著頭，一臉納悶。「可是崔啊，好像非常討厭朴，她對我們無限包容，唯獨對朴總是冷冰冰的。上次在餐廳你也看到了吧？」

那一天，包含我在內的幾個孩子在監護隔壁桌吃飯。朴一放下湯匙，坐在對面的崔就瞥了一眼他還剩下一半飯菜的餐盤，而朴的目光，已經飄到了數著飯粒食不下嚥、體質虛弱的孩子們身上。

「健檢時，身高和體重未達平均的孩子們的健康菜單似乎需要重新檢視了，好像完全不符合孩子的口味。學業成績和準備 Paint 固然重要，但健康必須擺在第一位。在中心生活的孩子們到了外面，接觸汙染源更多的環境，免疫力很容易下降。現在正值換季，要請您特別留意，管理孩子們的健康。」

崔沒有像其他監護一樣老實順從地說好，而是噗哧笑了出來，在所長問「笑什麼？」之後，崔指了指朴的餐盤。

「您好像完全沒有資格說這種話喔。」

喀啦，椅子被推往後方，崔站起來，走出了餐廳，只剩朴還留在原地傻眼，呆呆看著崔離去的背影。

「那天崔不也讓朴吃了癟啊。所長再怎麼傻，肯定也在摩拳擦掌，等待反擊的機會吧。即便是朴這種書生秀才，要是碰到有人時時找碴，總會有一次氣得頭頂冒煙吧？」

把那種事稱為找碴，雖然也沒錯，但從另一層意義來看，不也是一種關心嗎？崔之所以對我們寬容，因為我們是應受保護的未成年人，而她的職責正是當一個保護者。但對崔來說，朴是一起共事的同事兼上司，朴雖貴為所長，但就崔的性格，可不是不敢暢所欲言、只會看上司臉色的人。

「話說回來，你為什麼只要去ＶＲ室，就會和人吵架？」

諾亞也曾在玩遊戲時找我的碴，他是個即便只是遊戲、也會不計一切的傢伙。

「是那小子太白目好不好，要我打頭陣，後面就得靠自己啊。以為我是為了幫他升等才一起玩的喔？」

諾亞看著咯咯笑的我，一臉莫名其妙。

「是誰說要一起玩的？」

「喔，是我先說要一起玩的啊。」

「那提供原因的人就是你了耶。」

話剛說完，這小子就皺起眉頭。「就憑我講的一句話，你就要找我的碴嗎？」

「這件事的原因也同樣……」

諾亞露出「夠了」的表情，手一按桌面站了起來。提醒大家休息時間結束、上課時間到了的鐘聲響起，趴在桌上的孩子們紛紛醒來。按下按鈕後，螢幕緩緩升至桌面，我連線到「NC中心」視窗後，點了一下申請諮商，接著在監護人中選擇崔，輸入了想要諮商的時間。

「可諮商。」

崔的即時訊息一閃一閃的，我關掉了智能手錶。

身分證號碼

小幫手在桌上放了兩杯咖啡，崔將椅子拉向自己，坐了下來。窗外的晚霞鋪滿天空，門外傳來小幫手打掃走廊的聲音。聽說家庭用小幫手接近靜音，但NC的小幫手龐大笨重，馬達聲音很響亮。崔靜靜端起咖啡杯，瞥了我一眼，小小的諮商室內充滿了咖啡的濃郁香氣。

「我正想叫你來一趟。」

她笑著放下咖啡杯，我則一言不發地低頭著白色的圓桌。申請諮商後，我反而感到很混亂，不知道該說什麼才好。我很想說這件事絕對不是朴的錯，卻開不了口，他們一定以為中心內沒有人知道他們起口角。崔該不會真的相信，朴是太急著衝業績，才逼我參加很離譜的Paint吧？但我希望崔不要誤解朴，想必他也莫可奈何，總部持續施壓，身為所長的他能做的畢竟有限。朴對我感到非常內疚，內疚到在我面前握緊了拳頭，表現出強烈的情緒。其實他大可不必如此，只要我明白朴的真心就夠了。

「您聽說了吧？我很快就會參加父母面試。」

崔點點頭，目光往下移至咖啡杯。

「為什麼大家會不想生小孩呢？」

崔愣住了，像是聽到了意想不到的問題。

啜飲一口微苦的咖啡後，我的胃覺得不太舒服。雖然這問題很難回答，但也不是沒有答案。

「很久很久以前，在人類以牛耕田、務農維生的社會，聽說真的生了很多孩子，據說多子多孫就代表多福氣，為什麼會這麼說呢？」

崔安靜地豎耳傾聽，似乎想掌握我提出這個問題的用意。

「因為在那個年代，孩子就等於勞動力，畢竟能選擇的職業也很少，換言之，就是需要很多像小幫手的人。」

女生在家幫媽媽照顧弟妹和做家事，男生則到田裡或森林工作，家庭人口越多，能夠耕種的土地也越廣，想增加生產力、累積財富，就需要更多孩子，可是到了某一刻，世界運行的法則再次被推翻了。

「透過學校教育習得各種知識的時代到來，靠知識就能賺錢。如今大家都只生一、兩個孩子，希望把子女培養得很優秀，過去雖無餘力在眾多子女身上投資資源，但隨著子女數減少，能夠投資的資源就增加了。」

必須獎勵生育的人口斷層時代來臨了。

「我有時會想，假如血緣是一種無法忽略的東西，生下我的父母應該也和我擁有相似的性格吧？發現有孩子時，他們也一定仔細考慮過我會對他們的人生造成什麼影響，最後做出的判斷，就是他們不需要我。當然啦，這都只是我的想像，搞不好他們根本沒有親近到可以坐下來好好談，也把我的存在忘得一乾二淨了。既然我從他們身上繼承了如尖刺般的個性，被那種父母撫養長大，想必我的人生也不會多好過。」

說出口後，胸口彷彿被鑿穿了一個洞，我也不自覺地無力笑了。是啊，和一個不懂撒嬌、宛如刺蝟般的兒子住在一起，一定無聊到爆炸。

崔默不作聲，似乎正在咀嚼我的話，她的表情像在詢問：你究竟想說什麼？

「孩子似乎是因應父母的需要而誕生的，就像那些出自需要才來找我們的預備父母。」

「但是，傑努，所謂父母，不一定是出自需要……」

「您是想說，他們是出自愛嗎？」我抬頭，注視崔黑溜溜的眼珠。「好比說，什麼樣的愛呢？」

崔嚥了嚥口水，似乎很慌張。「真心為你付出、會疼惜你的愛。」

「您是指，口口聲聲說著『這都是為你好』，以愛為名的壓迫與控制嗎？」我無法確知那是什麼，當然，ＮＣ也有嚴格的規定，但只要不違反規則、對他人造成傷害或行使暴力，這裡的監護對我們都採取放任態度。

「『其實這不是為了你，是為了我自己』，像這樣坦誠以對不是比較好嗎？」

崔沒有回答，只是靜靜地聆聽。

「如果有人問我，『你會選擇什麼樣的父母？』我會回答，『對自己坦誠的父母。』

我討厭那種用華麗外表包裝自己的人，所以我才更希望參加這次的父母面試，搞不好他們和我很合得來呢。」

「所長很擔心你。」

我本想回「而您很擔心朴」，想想還是作罷。也許我是良心上過意不去，才一直想解釋。

「他有多擔心你，也就有多信任你。現在我似乎明白原因了。」

走出門外，看到一群小幫手經過。中心裡總共有幾位小幫手呢？還是應該說有幾個小幫手？生活在外頭的人，會用「幾位」還是「幾個」來看待我們呢？這是不是就叫作老想一些有的沒的？小幫手無論是功能或種類都很多元，而人們會努力選擇最適合自己的小幫手，就像中心的孩子選擇父母一樣。只是，真的會有各方面都完美合拍的人嗎？

◆

走下電動步道，就看到朴站在走廊上。朴總是與預備父母一起在面談室等我，從來不曾在走廊上迎接我。他來回踱著步，是有什麼事嗎？我一步一步走向朴。

「傑努三〇一。」

我點了一下頭代替回答。

「從現在開始，仔細聽好我說的話。」

看到朴反常的緊張模樣，我吞了吞口水。

「面試時，我最強調的一點是什麼？」

「對預備父母要有禮貌。」

監護一直很注重禮儀。就算對預備父母不滿意、即使大失所望，面試時也絕對不可以表現出來，這是Paint的第一守則。回答要慎重，禁止簡答或毫無誠意的答案，而對方沒問的事，也禁止聒噪地說個沒完。無論多滿意對方，下個行程務必先告知監護，一對一約定訪談日期也同樣禁止。

我正在仔細回想應該遵守的規定，這時朴重重嘆了一口氣。

「傑努。」

我望向朴的深褐色眼睛。

「就今天，沒禮貌也沒關係。聊到一半不想聊了，你可以直接走出去，不想回答也可以不要回答，相關責任我會承擔，你懂我的意思嗎？」

想遇到好父母，就必須先成為乖孩子；比起優秀的成績，善良正直的品行更重要。監護最戒慎提防的就是無禮與暴力，要是有人做出對他人造成傷害的行為，監護絕不會輕饒，而只考慮自己、自私自利的言行舉止也會被警告。想和他人成為一家人，就必須培養體恤、理解別人的心。也因此，NC的孩子都不會露骨地對申請面試的預備父母表現出不快，喜惡必須不形於外。預備父母常會帶著過於熱情的微笑，我們也必須展現出善良親切的模樣。不過當訪談結束，中心會要求我們做出誠實的評價。當孩子表露出失望時，鄭重不失禮地拒絕預備父母，是監護的工作。

萬一今天我在Paint途中不爽走人，這項違反規定的行為若導致預備父母不高興，很顯然會即時傳到總部，因為紀錄會同步上傳。假如總部拿這件事大作文章，身為所長的朴搞不好會因為管教不周而遭到懲戒。

「傑努，回答我。」

「我明白了。」

他點了點頭，修長白皙的手握住我的肩膀。

門打開後，最先映入眼簾的是崔，從來沒有兩名監護一同參與Paint的情形。我的目光移到先前透過全像投影看到的兩人身上。

「兩位好。」

我恭敬地鞠躬，兩人也輕輕地以眼神打招呼。

「啊……你好。」

男人露出尷尬的笑容，一頭亂蓬蓬的髮型，身穿有破痕的牛仔褲，運動鞋也沾滿髒汙，看起來很老舊了，身上則散發出刺鼻的顏料氣味。和他並肩站在一起的女人，也像是剛從家裡出來，和全像投影中自由奔放的風格一致。未施脂粉的臉蛋，緊緊綁成一束的馬尾，T恤的領口已被撐鬆，下半身則是短褲和輕便休閒鞋。先前只見過身穿西裝、精心打扮的人，突然碰到這麼自由奔放的靈魂，真是新鮮極了。我想起朴說的話——對沒有禮貌的人，可以不遵守禮儀，不過這兩人並沒有讓我感到無禮。

「我是徐荷娜，他是李昇陽。」女人率先報上大名。

「我是傑努三〇一。」

聽到我的話後，兩人互看了一眼。女人的目光再次回到我身上，以眼神詢問我姓名的意思。這兩人搞什麼啊，難道都沒打聽過NC的事就跑來了嗎？就在此時，太陽穴上感受到一股涼颼颼的視線，我轉頭看向朴。

你不用回答。

讀懂朴的眼神後，我朝兩人露出微笑。

「是指一月進入中心的意思，取January前面的字母發音，男生叫傑努，女生叫潔妮，數字是我的專屬編號。」

「就像我們的身分證號碼嗎？」

「應該是吧。」聽到男人近乎自言自語的話後，女人接著回答。

原來是用數字稱呼你們啊。過去每個人都會露出「好可憐」的表情，明明他們也是以數字的形式被管理。目前為止，把三〇一這個數字和他們的身分證號碼聯想在一塊的，只有這兩人。

女人注視著崔，眼神在訴說：「現在該怎麼做呢？」

「先請坐吧。」

聽到崔的話後，兩人坐了下來。我一拉開椅子，崔隨即在我身旁坐下。有別於以往，今天守護在我身旁的不是朴。朴的目光固定在兩人身上，挺直身子站在面談室的角落，這時我才猜想到，為什麼朴要刻意安排崔坐在我旁邊。

要是覺得不行，就請您中斷面試。

儘管碰到任何情況，朴都會不失沉著地應對，但有時，迅速的判斷力比沉著冷靜更有用。在目前這個情況下忠於自己的感覺，想法具有彈性的崔會比較合適。

「兩位要喝什麼？」

妳呢？男人以眼神詢問，女人顯得猶豫不決。男人點了果汁和汽水後，並沒有詢問我要喝什麼。崔像鬆了口氣般輪番看著兩人，小幫手很快就進來了，依序端上果汁、汽水、咖啡，最後是冰水。冰水是崔點的。

「那個小幫手很酷耶，好大臺。」

「那款大概多少啊？應該很貴吧？」

小幫手離開後，兩人依然很熱絡地討論著小幫手機器人，似乎完全沒把坐在對面的我放在眼裡。直到崔清了清喉嚨，暗示兩人停止對話後，女人才露出「啊，糟糕」的表情笑了。

「對不起，那麼，現在應該講什麼好呢？」

崔竭力往上拉高的嘴角正微微顫抖著。喂，你們不知道父母面試是什麼嗎？沒上過課嗎？不是應該告訴孩子，你們是什麼樣的人嗎？

崔沒有用眼神射出冷箭，而是很努力地擠出笑容。「請兩位簡單地自我介紹，如果能夠告訴我們，兩位為什麼會找上ＮＣ，將會帶給我們很大幫助。」

兩人的目光再次交錯。這兩人，真的毫無準備就來了。現在我也能理解，為什麼朴會對我那麼抱歉，還有崔向朴發火的原因了。

「我在一家出版社當編輯，昇陽是平面設計師。即便是在這個只要有一支智能手錶，就能隨時隨地觀賞影像的時代，依然有少數人會讀紙本書，也有人把書當成珍貴的藝術品收藏。我們的工作就是為那些人服務。」

「要是能企劃古典藝術品系列就好了，妳那時卻誓死反對。」男人咂了咂嘴，似乎很惋惜。

「我討厭追流行。」女人瞪了他一眼。

「誰要妳追流行了？我們用我們的方式……」

「我討厭一旦有人說好，大家就蜂擁而上的跟風行為。」

「這對我們也有好處嘛。」

兩人又開始你一言我一語的拌嘴，崔忍不住咳了兩聲。我看崔今天好像會咳個不停。女人再次露出「啊，糟糕」的表情，撞了一下男人的手臂。

「不過，我們兩個都在一年前辭掉了工作。」

「為什麼？」

聽到我發問，男人難為情地搔了搔頭。

「荷娜想寫自己的文章，而我想創作自己的畫。」

「兩人都辭掉工作，實在太莽撞了。」

聽到女人這麼說，男人悶悶不樂地喃喃自語：「我沒想到爸爸會發那麼大脾氣……」

「所以，兩位為什麼會來NC呢？」我問道。

崔的杯子發出冰塊撞擊的聲音。女人瞥了一眼男人，男人的神情也難掩驚慌。

「若是領養NC的孩子……」

「第一輪面試只是簡單打聲招呼，大多見個面就結束了。今天最好還是到此為止，兩位可以等下次面試再慢慢回答，也就是經過深思熟慮之後。」

崔以強硬的語氣結束談話，逕自站了起來。第一輪面試從來不曾以這種方式中斷過，時間也太短了。我帶著莫名失落的眼神看著崔，而兩人將椅子往後推，微妙且陌生的氣氛籠罩整間面談室。

「你們一定覺得我們沒做功課就跑來吧？需要的文件準備得很倉卒，全像投影也是匆匆忙忙地傳給你們。其實我沒有抱任何期待，該怎麼說呢？其實我在準備時，一直想起我媽……假如我親自面試媽媽，會是什麼心情呢？一想到這個，我就睡不好……老公，你應該也是這樣吧？」

「我覺得我媽還ＯＫ，問題在於我爸。」男人附和。

「總之，很高興見到你，傑努三〇一。」

女人沒有朝我伸出手，但似乎並不是因為她深知初次面試不得有任何肢體接觸的規定，單純是怕我會不自在。

「我也覺得很開心，這裡好像沒有大家以為的那麼奇怪，比想像中酷多了！」

「兩位請慢走。」

我道別後，後方的門隨即開啟，替兩人帶路的小幫手現身。門才剛關上，崔就拿起擱在桌上的冰水，咕嚕咕嚕地大口灌下。

「這麼沒水準的人，往後還要……」崔緊咬下脣。

朴也同樣表情凝重。「辛苦你了。」

「下次訪談要安排在什麼時候？」

聽見我的話，也不知道這有什麼好驚嚇的，兩人卻一起僵住。

「怎麼不問我打幾分？」

兩人依舊不說話。

「我打八十五分。」

「傑努，抱歉，我現在沒有心情開玩笑。」

「您見過我拿分數開玩笑嗎？」

「傑努。」崔以否定的語氣打斷了我。

「請幫我安排下次訪談，麻煩您了。」

我向兩人告別，走出面談室，很努力假裝沒聽到後頭傳來崔的聲音，迅速踏上電動步道。我突然萌生一個念頭，想在沒有監護的陪同下，和這對預備父母一起散步。如果把我的想法告訴監護，他們會怎麼說呢？不知為什麼，我的嘴角一直泛起笑意。

◆

我正在用智能手錶玩遊戲，門鈴卻響了。

「好像有人來了。」

聽到阿奇這麼說，我喊了一聲「保安」，門隨即變成透明的。

「喔，是監護。」阿奇大喊。

「開門。」

門開啟，微笑著的朴走進房內。

監護會監督中心的一舉一動，偶爾會毫無預告就到生活館查訪，名義上是為了掌握孩子的狀況，但很少會有監護在這麼晚的時間到生活館查訪。我關掉智能手錶，從床上爬起，朴朝著恭敬鞠躬的阿奇走近一步。

「阿奇五〇五，下週安排了第一輪面試，詳細時程明天會告訴你。」

「怎麼辦？我好緊張。」這小子雙眼閃閃發亮，一臉興奮期待的表情。

「有什麼好緊張的？」

「是我緊張，哥哥幹麼多嘴？」阿奇抗議地嘟囔。

朴溫柔地摸了摸阿奇的頭。「不用緊張，他們都是好人，放輕鬆點。」

第一組預備父母就成為真正的父母，這和看到朴開懷大笑一樣罕見，但也不是毫無可能，畢竟朴也是個人，在非常偶爾的時候也會笑，也就是說，期待幸運降臨，第一組預備父母就成為阿奇的父母也是可能的。

「就為了講這件事，您親自……？」阿奇觀察了一下朴的眼色，沒有把話說完。

「順便來看看你們是怎麼生活的。」

朴環視狹窄的房間，床鋪、書桌和衣櫃就是全部了。雖然別人會在房間貼上喜愛的明星照片，但我們對那種玩意不感興趣。打掃和洗衣服都是小幫手的工作，所以房間乾淨到有些荒涼。

監護環視整個房間，目光落在書桌上的一本舊書。

「這是什麼書？」

朴走向書桌，拿起我讀到一半的書，是我幾天前在圖書館借的。雖然大部分孩子都讀電子書，但我經常去圖書館借紙本書回來看。我很喜歡舊書散發的氣味，用手一頁頁翻書的感覺也很不賴，翻書時發出的沙沙聲，與紙本書的獨特香氣。無論技術再怎麼進步，紙本書大概都不會徹底消失不見。

「是一本叫《征服者亞倫》的小說。」

朴的眼眸浮現一層好奇心。

「在猴群之中，有一隻名叫亞倫的強悍公猴，亞倫處決了猴群的首領，自己登上王位。王冠到手後，亞倫第一件做的事，就是驅逐前首領的子孫，要了牠們的命。因為牠心懷恐懼，生怕哪一天這些猴崽子會長得和自己一樣健壯，反過來攻擊牠。之後，故事有什麼發展呢？」

朴聳了一下肩，代替回答。

「過了數年，好不容易從亞倫手中死裡逃生的當肯，被猴群趕出來後，獨自求生，以相同方式處決了亞倫。牠也按照亞倫的作法，對前首領的後代趕盡殺絕。」我露出苦澀的笑容。「當然，這時也有一隻倖存下來的小猴子，是一隻名叫艾德加、瘦小柔弱的公猴。」

朴輕輕點頭。

「當肯坐上王位後，應該也會一輩子都很不安吧，即便艾德加如此瘦小柔弱。無論以再強悍的力量取得權力，擊退前首領的後代、踐踏柔弱的對手，勝利終究不是亙古恆久的。因為說不定哪一天，艾德加也會回來取牠的項上人頭啊。」

朴沉默了好一會兒，只是靜靜地凝視我，眼神似乎早已穿過我，在看某個記憶中的場景。要是我沒有出聲喊他，他好像就會成為一尊蠟像，一輩子動也不動地佇立。

「監護。」

聽到我的叫喚，朴才彷彿大夢初醒般，身體顫抖了一下。

「真是一本值得玩味的書啊。」

但朴的眼神一片空洞。和朴面對面站著的我，同樣被一種朦朧不清的心情包圍。就在此時，阿奇的智能手錶鈴聲大作，我也才驀然回神。

「小俊說要找我耶。」

阿奇似乎也感覺到氣氛變得很微妙，畢竟他是個很懂得察言觀色的孩子，一定早就看出朴有話對我說，才會親自上門。

「我可以出去一下吧？」

朴點了點頭，阿奇便走出房間。只剩下朴和我了。我心想，現在也該切入正題了，於是率先開口：

「請說吧。」

朴的目光從書本移到我身上。「你知道我打算說什麼吧？」

當然了，看到朴站在門外的那一刻，我就有預感了。

「他們完全還沒準備好。」

朴的嗓音一如往常般低沉冷靜，卻能感覺到此時的他很懊悔，我朝朴走近一步。

「其他來到這裡的人，難道就做好了準備？」

我想知道朴說的「準備」是什麼意思。成為父母究竟指的是什麼？做好迎接孩子的準備？做好了準備，就能成為好父母嗎？當然，我大概能知道朴在擔憂什麼，因為迎接新的家庭成員，要比想像中更複雜困難。

「打聽關於NC的一切、中心的孩子如何成長、父母面試前要準備什麼資料、全像投影該怎麼準備、在各種審查中獲得高分的方法、訪客條件是什麼、事前教育以何種方式進行……」

我說的這一大串，是連我都一知半解的事項，該滿足什麼條件才能來這裡，細節只有監護瞭解。沒有前科、有明確居住地、必須通過NC的各種心理測驗，除了這些，應該還有眾多項目，但我知道的大概就這程度。

「您不覺得，預備父母就好像認真讀完育兒書，心想著『好，做到這樣應該可以生孩子了』的人嗎？世上所有的父母，都無法事先做好萬全準備啊。因為親子關係，是經由互動創造出來的。」

我想起了先前與阿奇的對話，看來我也在不知不覺中受到了阿奇的影響。

「努力將這段關係朝好的方向發展，正是我們要做的事。」

朴的擔憂也不無道理。日前見到的那對年輕預備父母，對NC的一切根本如一張白紙，難以相信他們是如何獲得拜訪中心的許可。是啊，搞不好讀過一本育兒書的父母，要比什麼都沒讀的父母來得強，至少代表他們對孩子感興趣，也是努力想要養好孩子的證據。但這些準備也可能導致反效果，因為有些孩子並不是依其原來的樣貌成長，而是按照父母的計畫被塑造出來的。

「監護，我們不是小寶寶了，您不也知道，為什麼是從十三歲開始選擇父母嗎？這個年紀意味著，即便面對父母，也能明辨是非、指出錯誤。至今如此教育我們的，不正是監護您嗎？」

因為父母，有時也會變得脆弱；因為父母，也會有撐不住的時候，他們會說謊，會做出錯誤的判斷，如同諾亞先前的父母那樣。我們會碰上需要替父母指引道路的時候，也會有需要出借肩膀給他們的情況。這一切的教誨，都是從監護身上學來的。

「我想要的不是衣著體面、把打招呼當臺詞般背誦的人，而是當我說話時，會說出

『是喔?那不然其他的要不要試試看?』的父母。」

我對日前見到的年輕預備父母幾乎一無所知，就只有短短聊了幾分鐘，但初次見面時，我的心情就很微妙，總覺得他們應該會理解我。

「監護，您從沒遇過沒來由地讓您感覺很棒的人嗎?決定父母的選擇權，完全掌握在我們手中，不是嗎?」

「沒錯。」

「那就請替我安排第二輪面試吧。」

朴短暫陷入了沉思，最後無力地點了點頭。

「假如你真的這麼想，我會尊重你的決定。很晚了，早點休息吧。」

「監護。」

朴再次轉身面向我。

「您的氣色看起來很不好，難道是因為我嗎?」

似乎不單純是疲勞所致，朴是個即使再辛苦，雙眼也總是閃閃發亮的人，但此時他的瞳孔看起來很混濁，臉上也毫無血色。

「假如你是那隻倖存的小猴子艾德加，你會怎麼做？你也會像當肯那樣，成為具攻擊性的公猴，處決現任的首領嗎？」

聽到朴的問題，我突然明白那本書的作者，為什麼要將最後倖存的小猴子取名為艾德加（Edgar）。

「最後活下來的小猴子不是叫艾德加嗎？據說這個名字的語源是『創造幸福之人』，假如這小子夠聰明，應該不會復仇，像亞倫或當肯那樣一輩子揣揣不安地生活。因為艾德加的幸福，掌握在自己手中。」

朴的嘴角漾起微笑。就在此時，走廊上傳來阿奇響亮的聲音。這小子聽到要第一輪面試，八成興奮過頭了。我忍不住想像起阿奇在河邊與父親一起釣魚的畫面。

大人就一定要有大人樣嗎？

結束 Paint 後，阿奇一副悶悶不樂的樣子。他噘著嘴猛然打開房門，接著靠坐在床沿，雙頰氣鼓鼓的。事態似乎很嚴重，我也不好開口問他。雖然很難在第一輪面試就遇見理想父母，但他們的條件真的很好，看起來也很適合阿奇啊，難道他們說了謊嗎？不，不可能，進行身家調查是中心的鐵則。還是年齡差距要比想像中大，所以失望了？沒有期待中那麼和藹可親？我的目光雖放在書本上，但全副心思都集中在阿奇身上。

「監護好過分。」阿奇很生氣地嘟囔。

該不會監護不小心讓奇怪的人來面試了？要是如此那就真的糟了，預備父母的第一印象，會長期烙印在孩子的腦海裡。在最後中心，十三歲是年紀最小的，接下來就是十四歲，也是很容易受傷的敏感時期。因此，第一次 Paint 都是經過中心所有監護反覆開會討論後才安排的。像阿奇這麼脆弱敏感的孩子，他們應該準備得更滴水不漏才是。阿奇開心都來不及了，怎麼會氣呼呼地回來呢？我沒辦法繼續乾著急，於是「啪」地一聲闔上書本。

「阿奇，發生什麼事了？」

「不是嘛，怎麼可以……」

難道嚴謹的朴犯了什麼失誤嗎？我爬下床，走到阿奇身邊。

「看來監護出差錯了吧？就算很可惜，還是體諒人家一下吧。最近總部好像逼得很緊，下達命令說，就算監護在事前面試時否決，只要書面資料沒有問題，就要先進行Paint。」

多虧於此，我也才能碰到荷娜和昇陽這樣獨特的人。換作之前，兩人早在監護那關就被刷下來了。我輕輕拍了拍阿奇的肩膀。

「阿奇，把這件事忘了吧，你也知道，第一輪面試要遇到好的預備父母有多難，就讓它過去吧。」

「哥，你在說什麼啊？」阿奇瞪大雙眼。

「我在替你打氣啊，還有，你也別太埋怨監護了，他不分晝夜地工作，比任何人都想替你介紹好父……」

我話還沒說完，阿奇就打斷我。「他們，真的很棒，比我期待得更和藹可親。」

這次換我瞪大了眼睛。

「奶奶說已經把我的衣服都買好了，聽到我在玩風浪板，爺爺還主動說：『那我也去學一下？』『看來我該去學學了』。他們說想送我漂亮的衣服，也想準備美味的便當給我，但第一輪面試禁止送任何禮物，只能兩手空空的來，感到很抱歉。時間太短了，好想跟他們多聊聊喔。」

就像腦中的拼圖忽然散了一地，我無法掌握現在到底是什麼情況。這小子剛才還一臉氣呼呼的，彷彿經歷了什麼糟到不行的Paint，現在兩眼卻冒出了愛心。這小子，在搞什麼嘛。

「到底是好還是不好？」

「你知道神奇的是什麼嗎？我的長相正好結合了他們兩人的優點呢，奶奶圓圓的眼睛、爺爺厚厚的嘴脣和我很像。這就叫作緣分吧，對不對？這就是緣分吧！」

我將全身重量集中在右腿上，以歪斜的站姿將雙手交叉於胸前，緊緊咬住下脣。聽到阿奇在第一輪面試就遇到很棒的預備父母，沒有什麼比這更值得高興的了，我卻怎樣也笑不出來。

「阿奇五〇五。」

這小子露出「怎麼了？」的表情，難為情地笑了。

「既然這麼喜歡，為什麼一臉氣呼呼地走進來？還說監護太過分了，害我以為你和什麼莫名其妙的人面試了。」

「啊，監護的確很過分啊！」

「究竟是什麼事？」

「不是嘛，只是想再多聊個五分鐘，哪有人說斷就斷的啦？豈止這樣，又不是要擁抱，不過是握個手，只是想握一下手而已，卻禁止任何身體接觸。吼！怎麼就不肯稍微放一下水啦！」

真是令人哭笑不得。啊，這小鬼頭！

「就是這種一板一眼、讓你咬牙切齒的個性，才替你找到了適合的父母啊。」

我彈了一下阿奇的額頭，小小的房間內響起清脆的「答」一聲。

「哥！我要告你使用暴力喔。」

「去啊。」

「你怎麼不問我有沒有申請第二輪面試？」

「等你那笑到闔不攏的嘴巴都閉上了，我才要問你。監護怎麼說？」

這小子撓了撓腦袋，咧嘴傻笑，似乎很難為情。

「看來明年無法一起去海邊旅行了呢。」阿奇模仿朴的語氣說道。

是啊，到時候阿奇應該是和父母一起旅行去了吧。

「哥，我覺得啊，監護就像是一件從沒穿過的新衣服。」

「新衣服？」

阿奇點點頭。「他是個一絲不苟的人啊，連一點灰塵、皺褶都沒有。去年我們去海邊旅行，其他監護都到水中和我們一起玩，連崔都下去游泳、玩沙灘球了，就只有朴站在遠處旁觀。」

NC中心在夏、秋季會去海邊或山上旅行。一般民眾見到我們，大概只會以為是某間學校的團體旅行吧。那一天，大家會嘻嘻哈哈地玩個通宵，但即便是在如此熱鬧的氣氛中，朴仍是獨自待在角落整理資料或靜靜地閱讀。仔細想想，阿奇說朴像一件新衣服、一絲不苟的說法也不無道理。

「欸，朴也是個人好嗎？」

我伸手把阿奇的頭髮弄得像雞窩一樣亂，腦中不時浮現朴陰鬱的臉龐，猶如幻影、光的殘像……是啊，朴也是人，和我們一樣，會為了小事而苦惱、煎熬。

◆

我連上次參加第二輪Paint是什麼時候都沒有印象了，難得要進行第二輪Paint，心情就像是把小時候的玩具拿出來觀賞似的，雖然感覺沒那麼溫馨就是了。

打開面談室的門，隨即看到崔站在房間中央。第二輪Paint比第一輪更重要，彼此已經自我介紹，自然會有更深入的對談。為了避免孩子可能無法捕捉到預備父母的失誤或小習慣，監護會在一旁仔細觀察。有時無心的一句話，更會反映出這人的本性。

那是很久以前的事了。有對穿著講究、四十多歲的夫婦來到中心，無論財產、職業、成長背景都無從挑剔。男人穿著高級西裝，女人則一襲端莊的洋裝，兩人的眼神鄭重、善良、溫暖，在好感度與面試分數上，參加Paint的孩子都給予了高分。十天後，終於進行第二輪Paint，有別於只是簡單問候的初次面試，孩子和父母聊起各種私事。這次，這對夫婦也都穿著時髦幹練的套裝。女人四十五歲，是位長直髮及肩、肌膚明亮的美人。可是，隨著面試時間拉長，有個不對勁的地方引起所長注意。女人在說話時，梳理整齊的髮絲滑落到胸前，而每一次丈夫都會無微不至地替她將髮絲拂到背後。乍看之下，這並不是什麼會構成問題的舉動，反倒還可說是丈夫細心呵護妻子的表現，但男人的行為反覆出現，所長的表情也逐漸凝重。丈夫就連一秒也無法忍受太太的髮絲移位，即便當下在聊非常慎重的話題也是如此。兩人離去後，朴向其他監護要求對男人進行進一步調查。周圍的人對男人有很高的評價，他是個勤奮俐落，自我管理很徹底的人，但這就是全部了嗎？有人向起疑心的朴帶來了其他消息：男人對收納很執著，尤其有整理東西的強迫症。住家、汽車、行李，甚至是妻子，都要按照他的方式有條不紊地歸位，才會有安全感。

男人要的不是孩子，他需要的是一個可以放在名為家庭的籬笆內，可以按照其喜好打扮的活生生的人偶。最後男人被列入黑名單，申請Paint的預備父母要做的心理測驗也加強了好幾倍。在孩子眼中親切和藹，朴卻從其中察覺到危險，這就是大人的視角，也是無法忽視的歷練。

話說回來，我倒是為朴不參加我的第二輪Paint感到詫異，過去從來不曾在所長缺席的狀況下進行第二輪面試，儘管朴連一丁點的變通性都沒有，但朴不在場這件事仍讓我覺得不放心。

兩人果然還是穿著輕便的休閒服，但少了初次見面的尷尬，神情輕鬆許多。

「兩位好。」我朝兩人鞠躬。

「哦？嗨。」兩人快速揮了揮手，就像小孩子一樣。

面試流程和第一次相同，點完飲料後，小幫手隨即進來，放下果汁和汽水等飲料後就離開了。

男人笑嘻嘻地說：「荷娜說你絕對不會跟我們聯絡的，甚至還說：『換作是你，難道會想要有我們這樣的父母嗎？』」

「我說的是事實嘛，就連心理測驗也是低空飛過……」

「噓。」

男人將食指放在嘴唇上，但女人沒有屈服。

「你以為我們能騙得過他們喔？這裡的人，搞不好比我們更瞭解我們。」

女人以眼神詢問：「不是嗎？」

崔卻視而不見。崔的態度和上次不同，變得沉著安靜。

「我卻覺得傑努會跟我們聯繫，儘管不是百分之百肯定。荷娜說要打賭時，我應該跟她賭一把的。」

崔皺起眉頭，以表情斥責他們不要把孩子的領養問題想得太隨便，當成在解什麼無厘頭的腦筋急轉彎。但這有什麼關係？都十七歲的孩子了，現在才說要找父母，雙方面對面坐著，這件事本身就夠扯了。

「兩位對我的印象如何？」

聽到我的問題後，女人目不轉睛地看著我。她的臉上帶著些許固執，但可以看得出來很粗線條，反倒是男人，雖然一直保持好好先生的形象呵呵笑著，但似乎是個很嚴謹的人。男人表面上漫不經心，卻把女人粗線條的部分都密實地填補了起來。他竟然有預感會和我再次碰面，這令我大感意外，表示他有看人的眼光。

「可以實話實說嗎？」

聽到女人這麼說，崔的雙眼亮出了兩把刀。真奇怪，明明說實話不是什麼壞事，可是當有人問「我可以實話實說嗎」時，大家就會莫名緊張起來。也許大家真正想聽到的不是實話，而是包裝亮麗的謊言。

「可以，我喜歡有話直說。」我點頭。

「嗯，本來覺得有點陰沉，也就是說，就像社會上看待ＮＣ的眼光……但是，該怎麼說呢……理直氣壯嗎？啊，我的意思不是說不能理直氣壯……反正，充滿自信的樣子很棒。」女人露出「你懂我的意思吧」的表情，尷尬地笑了。

我比任何人都清楚，假如社會想要排擠ＮＣ的孩子，就必須在他們身上加諸負面形象。真相，唯有在對自己有利時才有用處，這就是真相扮演的角色。假如大家相信，ＮＣ出身的人與自己不同，如此劃清界線比較有利，這件事就會變成真相。

「您不覺得很有壓力嗎？我都十七歲了。」

我是想問他們，為什麼會對我感興趣。聽到崔要他們慎重思考的建議後，這兩人又會怎麼接招呢？

「我曾經以為，沒有親生父母的孩子和我是不一樣的，社會上傾向那種氛圍，像是以前，會說成是什麼潛在罪犯……」

「請您慎選用詞。」

見到崔尖銳的反應，女人露出了「啊，糟糕」的表情。

「抱歉。」

「沒關係。」

我也知道外界把ＮＣ出身的人視為潛在罪犯，也因為這種標籤，ＮＣ的孩子才會那麼努力想找到父母。

「但我的想法改變了，難道親生父母撫養的孩子就沒有任何問題嗎？我知道我的父母是誰，也知道爺爺、奶奶是誰，若要再往上追溯，還能找到我的祖先是誰，但有一天，我忽然有了這種想法。假如我不是我的父母養大的，那我會不會擁有與現在南轅北轍的個性、過著截然不同的人生？終究，我自認為構成『我』的那些東西，都是在無形中被塑造出來的。我的記憶是從小學二、三年級開始，但印象很模糊。那麼，父母又是如何養育在記憶形成之前的我呢？就在那時，我想起了ＮＣ中心，假如我在青少年時期、在你這個年紀遇見我的父母，我們的關係會變成怎樣？不瞞你們說，我過去被媽媽傷得很深。當然，我也常對媽媽不耐煩、耍性子，讓媽媽傷透腦筋。大部分的孩子不都是被家人傷得最深嗎？所以我們才決定不生孩子。想到我也可能在無形中左右一個孩子的性格、價值觀，甚至人生，我就心生恐懼。撫養孩子不是什麼簡單的事。總之，我苦惱了好一陣子。」

女人話說完，面談室便籠罩一層肅穆的氣氛，只聽見小幫手清掃走廊的機器聲。來到NC中心的預備父母中，從沒有人如此坦率地吐露自己的故事，至少就我所知是如此。聽到意外的回答後，我的思緒也突然變得很複雜。

「您說您在寫作吧？」

「老公，你知道我現在起雞皮疙瘩了嗎？你看我的手臂，這孩子讀出了我的心思。」

女人捲起袖子秀給男人看，崔不禁嘆了口氣，反倒是身為當事人的我覺得很有趣，一直忍俊不住。

「妳講得口沫橫飛，好像在寫小說一樣，有誰不會聯想到這件事啊？」男人沒好氣地說。

女人的表情在不知不覺中變得很認真。

「我想知道這兩件事是否真如大家所說，NC出身的人問題很多，還有，如果在人格形成之後遇見父母，換句話說，在截然不同的環境中長大的孩子，突然有一天變成了家人，又會過著什麼樣的生活？我想寫這個故事。」

喀啦。與此同時，響起了椅子往後推的聲音。是崔。受到驚嚇的三人，都將目光移到崔的臉上。

「兩位請回吧。」崔的聲音比任何時候都要冰冷。

「監護。」

「兩位來到中心時，分明是說想要有新的家庭成員。」

「沒錯啊，我們需要新的家庭成員。」女人一臉慌張地不住點頭。

「孩子不是實驗對象，也不是研究目標，更不是文章素材……」

「我要說的就是這個，孩子絕不是實驗對象，也不是研究目標，但有許多父母對孩子進行無止盡的研究與實驗，只為了配合自己的想法。就算是女生，也會有討厭穿荷葉邊洋裝和發亮的漆皮皮鞋的孩子吧？請您想想，才十歲的孩子，就硬把她帶去芭蕾學院，用腳尖支撐全身的重量，不覺得這畫面很嚇人嗎？多虧了這件事，那孩子長大成人後，連皮鞋都不敢穿了。」

「荷娜，妳冷靜一點，別忘記我們現在人在哪裡。」

男人輕聲安撫女人，從座位上起身，沒有站起來的人就只有女人和我。

「既然說到這了，我就更老實……」

「不必了，您不需要再老實說什麼了，我們中心……」

「監護，父母的選擇權在誰手中？」

我出聲打斷崔的話，她看著我。

「傑努，你好像忘記了，我們有保護你的義務。」

「我現在不覺得有任何人身危險，也沒有感到不快或受到侮辱。」

「我看這次面試……」

「我想再聽聽他們的故事。」

每個人都忙於炫耀自己被多麼傑出的父母撫養長大，也說即便時機晚了點，成為那種父母仍是自己的夢想。沒有家人是件不幸的事，所以我們要成為孩子溫暖的家人。他們說得像是在大發慈悲，卻從來沒有人說過，自己被父母傷害，除了我眼前這兩人。

「監護，拜託了。」

崔重重嘆了口氣。「既然孩子要求，我也無可奈何。對不起，兩位請坐吧。」

崔致歉後，男人猶豫不決地坐下了，女人也深吸了一口氣，平復激動的情緒。

「荷娜在成長過程中和母親有很多摩擦，和我結婚時，母親也強烈反對。我則和父親有些問題。這樣的我們要迎接新的家庭成員，也許很不可理喻吧。荷娜以前就對NC很好奇，包括這裡的孩子是怎麼生活的，擁有什麼樣的價值觀，但沒有人會親口承認自己是NC出身，要獲得資訊並不容易，所以我們才會親自申請。我們作夢也沒想到會被接納，卻見到了你，甚至還進行了第二輪面試。我很想體驗看看，和已經長大的兒子一起生活的感覺，難道不就像是結交一位好朋友嗎？要說我們對領養後所享有的福利不感興趣，那無疑是在說謊，但我們仍想展現真心。回家後，我們聊了很多你的事，也畫了你的臉。雖然不是什麼了不起的東西，只是Q版的人物畫，但很想送給你。

聽說要在第三輪面試後才允許，就沒有帶來了。雖然看這氣氛，今天可能是我們最後一次見面……」

男人露出苦笑，似乎很惋惜。確實如他所說，今天可能是最後一次見到這兩人了，因為如崔所言，他們很不穩定，也有很多不足之處。

「謝謝您據實以告。」

「我們沒事先彩排就跑來了，你一定覺得我們很狀況外吧？」男人語氣充滿歉意。

「……大部分的人，不都是沒有經過彩排，就成為了父母嗎？」

聽到我的話，男人吃驚的瞥了崔一眼。

「那個……既然是第二輪面試，應該可以握一下手吧？」男人詢問。

崔以沒有情緒起伏的聲調說：「可以。」

崔才說完，男人就迫不及待地伸出手。

「很高興見到你，你真的很成熟，比身為大人的我們，更有大人樣。」

「大人就一定要有大人樣嗎？」

這句話也是從書上讀來的，書上寫說，所有大人的心中，都住著一個長不大的孩子，就像女人的心中，也住著一個超級討厭芭蕾的十歲小女孩。

我帶著愉快的心情握了男人的手，他的手很大，也很溫暖。

「兩位慢走。」

崔似乎巴不得早點送走這對怪咖預備父母。兩人向崔欠身道別，荷娜和昇陽的身影逐漸消失在門外。

門才剛關上，崔就全身無力地癱坐下來。小幫手進來整理桌面時，崔一直在沉思。她好歹也可以問我一句：「往後你打算怎麼做？」可是她卻安靜無聲。小幫手端走空杯子，離開面談室。

「監護。」

崔的心思不知道飛去哪了，似乎完全聽不到我的聲音。

「監護？」

「哦，抱歉，你剛才說什麼？」

「所長在哪?」

聽到所長這幾個字,崔似乎更頭疼了,她用手把頭髮往後撥。

「由於私人因素,請了一天假。」

朴居然休假?連週末都留在中心的他,究竟有什麼事?還是在我第二輪 Paint 的日子。換作平時的朴,絕不可能這麼做。朴突然休假外出,好像和崔有什麼關係,我卻無法猜到那是什麼。

「有什麼事……?」

「是私人的事。」

崔又不知道在想什麼了。崔所說的私人因素,到底是什麼?

「抱歉,我太心不在焉了吧?」

我聳了一下肩。

「幾天前,有條件不錯的人向我們申請父母面試,現在還在審核中,還有一些程序沒有跑完,不過朴好像考慮介紹給你。」

「我，還要進行第三輪面試耶。」

我才剛說完，崔就皺起眉頭。

「你親自見過後還沒感覺嗎？他們根本是把你當成了寫作素材，再說，他們情緒起伏很大，看起來也很不穩定。」

「所以我才喜歡。」

「傑努，和父母一起住很不容易的，像你這麼聰明伶俐、細膩敏感的孩子就更……」

「世上的所有父母，不都是不穩定、不安的存在嗎？他們也是第一次當父母啊。能向某人展示自己的弱點，就表示有多信賴對方。許多父母都想在孩子面前隱藏自己的弱點，羞於讓他們看到自己陰暗的一面，在那種關係下，信賴才會隨著時間崩塌。」

在燈光下，崔的眼睛突然閃了一下。

「我原本不相信所長說的話。」崔撥了一下頭髮，目光停留在楓葉轉黃的樹梢上。

「他說，你說不定會進行第三輪面試，我一直以為你只是出於反抗才堅持要和他們面試，以為這是你表達不安的方式，因為你通常只看到全像投影，就會搖頭說不。朴卻說，或許你從他們身上發現了我們沒看到的部分，我還想『應該不會吧』……沒想到他說對了。」

沒想到朴能理解我的心情，內心對他充滿了感激。我們不是羊群，無法只依照牧羊犬驅趕的方向，隨波逐流地移動。真正的大人，是相信我們能看到他們看不見的部分，能知道他們不知道的事，認同我們能感覺到他們感覺不到的細節，這才是我們渴望的大人。一言以蔽之，就是像朴所長這樣的人。

「就算這樣，他應該也無法理解我的全部，就連我都搞不懂自己了。」

「我會努力理解你的。」

崔也是個很棒的監護，心地溫暖、思慮周密、善解人意。對崔來說，要待在擠滿臭男生的B中心，應該很頭疼，但也多虧於此，我們才會有一位這麼棒的監護。比起按部就班地遵守原則和規定更困難的，是願意在不違反原則的範圍內給予自由。

「謝謝您。」我向崔鞠躬。

你以為你是隨心所欲的活著吧？

「哥，你去過體育館了嗎？」阿奇問。

我亮出智能手錶給他看。對中心的孩子來說，有件事和品行端正一樣重要，那就是健康的身體。我們每天都要運動三十分鐘，時間、項目、消耗的熱量和肌肉量都會記錄在智能手錶，而這些數據會完整儲存在監護的電腦中。萬一有人沒運動，就會被扣分，要是累積到一定程度，智能手錶就會被沒收，還要到懺悔室手寫反省文。比起智能手錶被沒收，當然是在體育館內揮汗運動好一百倍了，這是ＮＣ的孩子得出的共同結論。而且實際運動一、兩天後，就會莫名有種上癮的感覺，反而不太有人大肆抱怨。

「啊，我真的好討厭每天運動！等我找到父母，去了新家，就可以不必運動了吧？」

當然啦，小小的微詞總是有的。像是和我共用一個房間的小鬼，還有除了在ＶＲ室玩遊戲外，極度討厭移動身體的諾亞，都是代表性的例子。

「不覺得在養父母家要做的事，比在這裡還多嗎？」

「什麼意思？」阿奇從跑步機走下來，不解地眨了眨眼。

「搞不好在這裡很自由自在的事，到了外頭就會綁手綁腳。」我微微皺眉。「阿奇，週末怎麼可以睡懶覺呢？趕快起床。媽媽不是說過了，你不能看這種節目，還不趕快關掉！你最近老是盯著智能手錶看，遲早我要把它沒收喔。阿奇！你的成績比上次退步了，是不是該申請特別班惡補一下了？阿奇，跟那種朋友來往對你不好。阿奇，再熱也不能吃那麼多冰淇淋，對身體不好。阿奇，你為什麼不吃早餐？媽媽特別為你做了豌豆飯，你為什麼把豆子都挑掉了？……」

「唉唷，別再說了。」

看到阿奇的臉皺成一團，我停止開他的玩笑。

「哥充滿了對父母的負面想法。」

「這哪是負面想法，而是精準的思考好嗎？」

呿！這小子用鼻子哼了一聲，因運動而滿頭大汗。

「你啊，玩風浪板就可以玩好幾個小時，叫你運動個三十分鐘，有這麼痛苦嗎？你覺得站在風浪板上維持身體平衡比較難，還是站到跑步機上跑步比較難？」

「怎麼可以拿這兩個來比較？風浪板是多有趣的運動啊，跑步就只是無聊的運動嘛。」

「那是因為你這麼想的緣故。」

每次要去玩風浪板時，這小子就彷彿搖身變成發現零食的小狗般，開心得要命，但要去體育館時，阿奇就一臉心不甘情不願，像被拉去懺悔室似的。

「你以為你是隨心所欲、按照自己的想法在生活吧？」

「當然是按照我的想法生活啦，不然難道是別人的想法？」

是啊，我們是能自行思考、判斷與行動的人類，但身為人類，難道就只是按照自身意志行動，絲毫沒有他人的意思介入或強迫嗎？

「阿奇，搞不好是想法在操縱你。」

「什麼意思？」阿奇瞪大眼睛。

「玩風浪板很有趣，在體育館運動很無聊。把這個單純的句子烙印在腦中後，運動時間就變得枯燥乏味。只要這個想法生了根，你就會一直討厭運動了。」

「唉唷，不知道啦，哥哥想太多了。」

「總比腦袋空空好吧。」

「哇！哥哥真的好討厭，一句話都不肯輸。」

「俗話說，輸就是贏，小不點。」

阿奇吐了吐舌頭，解開智能手錶，放在桌上。是我太壞心了嗎？也許是因為參加Paint回來的阿奇突然好像換了個人，讓我不自覺地有些嫉妒吧。

「我在體育館看到了監護，他正大汗淋漓地在運動耶。」

「你說朴？他怎麼會去體育館？」

雖然朴老是強調運動的重要性，但真正該到懺悔室手寫反省文的人就是他自己。他總是埋首工作到深夜，動不動就流鼻血，還曾經虛弱地暈倒，給保健室的醫生添麻煩。每次值班醫生都嘮叨個沒完，但也無可奈何。朴很挑嘴，餐廳的飯總是愛吃不吃的，偶爾還會去保健室拿胃腸藥，不用想也知道，他的身體一定像隻弱雞，糟糕透頂。他是意識到現在也該鍛鍊體力了嗎？但比起為他鬆一口氣，腦中反倒率先浮現「事到如今才突然要來補救？」的疑問。

「現在朴也能親自體會，一天運動三十分鐘有多累人了。」

阿奇拿著要換洗的衣服，一溜煙離開了房間。我喜歡運動的原因之一，就是能除去腦中的雜念。心無旁騖地跑個一小時，會覺得全身都有了力氣，什麼念頭都沒有了。朴突然現身體育館，會不會也是基於相同目的？好比有什麼事在腦中揮之不去，精神上感到很吃力，想阻擋自己胡思亂想的時候。

我參加第二輪 Paint 時，朴突然請了假。假如連和朴最親近的崔都不知原因，那其他監護就更不可能知道。當然，就算我開口問，朴也不會告訴我。朴平時嘴上說，要是碰到問題，不要一個人暗自煩惱，要隨時向他人求助，可是朴從不肯向任何人透露內心。在他心中，究竟住著什麼樣的孩子呢？

一陣風吹來，窗外的樹木也跟著顫抖。一天，又這麼過了。再過沒多久，我就要邁入十八歲了。雖然大多時候會覺得時間走得很緩慢，但有時又覺得時間流逝得太快了。

◆

「欸，你還有藍莓嗎？」午餐時間走出餐廳時，諾亞問我。

「才過了十五天耶，你該不會……」

「夠了，別說了，如果你要繼續碎碎念的話。」這小子不耐煩地揮揮手。

「你需要什麼？」

「我身體抖個不停，看來得吃點甜食了。」

看到我招手，諾亞跟了上來。

包含中心的學費在內，所有營運資金和生活費都由政府提供，一年發放兩次衣服，包括幾種休閒服、校服和體育服，也補助智能手錶的通訊費和餐費。除此之外，在VR室玩遊戲或在無人咖啡廳買零食等個人花費也需要錢，說得更精準一點，是需要點數，這也同樣是由政府支援。

點數是只能在ＮＣ中心使用的貨幣單位，每月會提供固定點數到每個人的智能手錶上，算是一種零用錢的概念。

但這單純的點數系統，卻很難向未入學的小朋友解釋。因為他們還沒有明確的數字概念，要計算自己有多少點數、在咖啡廳買一球冰淇淋又需要扣多少點數都有困難。

所以，年紀小的孩子會支付藍莓形狀的點數。買一顆糖果，就會從十顆藍莓中扣掉一個，因此，即便長大之後，我們還是用藍莓來稱呼點數。

走進咖啡廳，諾亞從冰箱取出一罐飲料。他偷瞄了我一眼，似乎想要再多買別的東西。最後看到我放棄似的嘆口氣，這小子趕緊又拿了一包零食。

在收銀臺刷好商品條碼，再掃描一下智能手錶。嗶的一聲，點數就被扣掉了。

走出咖啡廳，我瞥了諾亞一眼，卻沒看到這小子的智能手錶。這小子被抓包了很多次，扣了許多分數，上課時仍我行我素地用手錶做其他事。

「你的智能手錶跑去哪了？」

聽到我這麼問，諾亞大口灌下飲料。搞什麼，這小子又來了？

「你去了懺悔室？」

「嘖，小氣耶，反正點數又不能存起來，到下個月就不見了，要你買個飲料又不會怎樣。」

「你又叫朱努用他的點數了嗎？」

朱努是諾亞的室友，十五歲，跟諾亞比起來，個性是有過之而無不及。

「他當然不要啦，誰叫他一直碎碎念，說什麼『哥哥的問題就出在這』『哥哥沒有金錢觀念』，我就……」

「你揍了他？」

「沒有啦，只是輕輕推了他一下，結果他跌倒了，偏偏是在走廊上。」

在中心，除了房間和浴室，所有地方都安裝了監視器。假如生活館發生暴力事件，走廊的警示燈就會響起，呼喚監護過來。這是一票十幾歲男生聚集的地方，監護視為最嚴重的問題，無疑是打架和暴力。

「已經第幾次了，再這樣惹事生非，小心連面試權都被剝奪。」

每次因問題被扣分時，都會被逐一記錄，當扣分達到某種程度，面試權會被剝奪。沒找到父母的孩子們，最終只能獨自離開中心。

「你很快就要十八歲了，皮還不繃緊點嗎？」

「你就不是嗎？啊，不管啦，反正要再找到新父母也很難，況且……」

況且怎樣？我用眼神問他，諾亞撕開零食，大口大口咀嚼。

「我覺得自己就像在非洲生活的瞪羚。」

「什麼意思？」

這小子用舌頭舔了舔沾在嘴角的餅乾碎屑，「我最近看了一部動物紀錄片。面臨滅種危機的瞪羚居然一出生就會走會跳耶，超神奇的。雖然還是要接受媽媽的保護，不過牠們大部分都能自力更生。假如人類也是這樣，不知道會如何？一出生就會走跳，還會說話，如果以這種狀態遇見父母，不覺得超滑稽的嗎？」

諾亞八成是覺得，我們現在就是在做這件滑稽的事。是啊，這麼想也不無道理。

「我打算告訴自己，『我是在非洲誕生的瞪羚。』一出生就以會走跳、會說話的狀態和父母見面。」

「怎麼省略了會打人的事?」

「當然要省略啊,不然,改成說是懂得採取行動?」

朴一定會替諾亞找到合適的父母。雖然這小子的火爆個性是個問題,不過他是個心思深沉的人。也許正如諾亞所說,我們全都是瞪羚、斑馬或長頸鹿,是在遇見父母時,就已經會走路、會跑跳、會說話也會思考的孩子,但儘管如此,我們也是單憑己力很難生存、需要受保護的孩子。假如人類真能以這種狀態誕生,是否就能稍微減少那些藏在潛意識卻不復記憶的兒時創傷呢?假如像瞪羚一樣的話……

「傑努,你知道瞪羚分成六種嗎?」

這小子是認真想成為瞪羚嗎?真不曉得今天怎麼老是講個不停。我用「你又想講什麼」的表情看他。

諾亞笑嘻嘻地說:「有一種瞪羚的名字叫作甲狀腺喔。」

「甲狀腺?認真?」

諾亞點頭，一副「那是當然的囉」的樣子。

「聽說是生活在某大陸高原的瞪羚，也同樣面臨了滅種危機。甲狀腺瞪羚，不覺得很好笑嗎？」

「還是比喉嚨瞪羚好多了。」

這件事聽起來既荒謬又神奇，世界上居然有這種名字的生物。我先是很不正經地咯咯笑個不停，然後撞了一下諾亞的肩膀。

「如果點數用完了，有需要就跟我說。」

走向電動步道時，我猛然停下腳步。等等，這小子在懺悔室寫反省文，不就代表他又偷看了一次朴的辦公室嗎？

「幹麼突然停下來？」諾亞問，嘴裡還大口咀嚼著餅乾。

「你該不會昨天也看了朴的辦公室……」

看到他擺出貌似「這還用說」的表情，想必他又偷窺了朴的辦公室。除了諾亞這樣的孩子，去懺悔室的人並不多，大家從小就牢牢謹記，不可以對別人造成傷害。也許就是因為這樣，幾乎所有中心的懺悔室都只是一個普通的房間，而這裡，也完全符合業績最差中心的頭銜，總部提供的資源最少，甚至必須縮小所長的辦公室，以擴充體育館的空間。

「那你有嗅到什麼可疑的味道嗎？」

這小子噘起嘴。「他就像平常一樣在看書啊，崔也沒有像之前那樣大聲咆哮了。」

「崔？崔又去了？」

「好像是去報告的耶。」

業務報告是崔的職責。

「是喔……所以沒什麼特別的地方？」

「你是指什麼？」

的確，如果兩人發生什麼事，依諾亞的性格，早就大嘴巴地說個不停了。崔，真的只是單純去報告業務的嗎？

「哪有什麼特別的，總之，崔說明天會再來。」

「你昨天是幾點去的？」

「六點左右吧？半小時後，朴先進來，過沒幾分鐘，崔也來了。可是我說啊，崔好像真的很討厭朴，走出辦公室時，她嘴上還這樣說，」

「說什麼？」

「她要朴專注在中心的工作上，好像是說他想太多，反而會妨礙工作吧。果然很有崔的作風，了不起。」

她是在責怪朴突然休假嗎？畢竟那是我第二輪 Paint 的日子。但就算這樣，朴也是人啊，難免會有苦衷或重要的私事，崔可不是會為了一天休假就說這種話的人。即便是總部以業績低迷施壓時，也不見朴有多苦惱，讓這樣的他無法專注於工作的問題，究竟是什麼？

「喂，你想什麼這麼出神？」

我左思右想都覺得不對勁，該不會發生了什麼事吧？

「不走喔？午餐時間結束了耶。」諾亞把餅乾一股腦倒入口中，大搖大擺地往前走。

告知第五節課開始的鈴聲響起，我緩緩踏上電動步道，把目光轉向窗外，看到有兩個人穿越運動場，一個是朴所長，另一個負責管理中心秩序的黃。運動場籠罩著陰影，烏雲密布，似乎馬上就要下雨了。從窗縫吹進來的寒風沾染了初冬的氣息。即便在初冬，也依然有綠樹環繞，這就是ＮＣ的最後中心。

是為了我自己，為了我

深夜裡下起了雨，雨滴滴答答落在玻璃窗上。房間的空氣變得潮濕後，中心亮起藍燈，溫度上升，空氣清淨系統隨之啟動。所有課程結束後，我回到房間，換上輕便的休閒服。阿奇正在用智能手錶玩遊戲，鼻子輕快地哼著歌，第二輪Paint即將到來，他似乎心情好得不得了。

「哥哥，第二輪Paint的身體接觸可以到什麼程度？」

「握手。」

無視我不冷不熱的反應，阿奇的臉依然散發光彩。

「終於可以握握爺爺、奶奶的手了，一定很溫暖。」

「已經說好要叫他們爺爺、奶奶了？」

阿奇搖搖頭。「沒有，不過很奇怪，我喜歡叫他們爺爺、奶奶。如果我這樣叫，他們會不會很失望？他們也說，感覺就像在和孫子說話呢。」

換好的衣服散發乾淨清新的味道。

「那就沒關係。」

阿奇露出「應該是這樣吧」的表情，依舊笑嘻嘻的。

「我想介紹他們給哥哥認識，好想一起拍張照喔，可是中心說不行。」

在父母與子女關係正式成立、一起離開中心前，雙方都不得留下任何紀錄，錄音與影片當然包括在內，拍照也被禁止，因為無法預測這些東西會帶來什麼副作用。

「對了，哥也馬上就要進行第三輪Paint了吧？上次進行到第二輪好像也是很久以前了呢。」

這個嘛，現在還很難確認他們是不是好人，不過能肯定的是，他們是很坦率獨特的人。光憑他們不會說出一大堆違心之論，就覺得很慶幸。想再跟他們多聊聊的念頭，讓我心癢癢的，大概就是喜歡到這個程度吧。

就在這時，房間和走廊上響起黃洪亮的聲音。

「請各位立即到禮堂集合，請到禮堂集合……」

除了消防演習或特殊活動，要大家到禮堂集合的情況很罕見，尤其是下課後的傍晚。

「哥，今天有消防演習嗎？」

「沒有，警鈴沒有響，也沒事前公告，應該是有其他事。」

「從來就沒有未事先公告就突然集合啊。」

「去了就知道了。」

我伸手弄亂阿奇的頭髮，心中莫名有種不好的預感。「要他專注在中心的工作上。」諾亞的聲音在耳畔響起。阿奇關掉智能手錶，轉身朝門走去。

孩子們魚貫進入禮堂集合，朴所長和其他監護都站在講臺上。

「好像要發表什麼重大的事耶。」

孩子們觀察著監護的神色、竊竊私語著，一股無名的緊張感瀰漫在空氣中，我抬頭看著朴蒼白的臉。

等到孩子們集合完畢，朴拿起了麥克風，用他的深褐色眼睛逐一掃視每位孩子。

「抱歉，休息時間還叫大家過來。」朴的嗓音一如往常的低沉冷靜。「我不想占用各位的休息時間太久，就長話短說了。」

朴似乎想讓緊張的孩子們安心，露出溫和的笑容。

「我會離開中心一陣子，但不會太久。」

站在講臺上的監護們也大感意外，似乎和我們一樣都不知情。崔整張臉都僵了。

「您要去哪裡呢？」有人問道。

朴回答：「是私人的事。就算身為所長的我不在，這裡也有一群優秀的監護守著，所以希望大家跟從指示，像現在一樣認真生活。關於我暫離崗位這點，我以所長的身分再次向大家致歉。」

朴向大家深深一鞠躬。這是前所未有的事。即使是週末，朴也不曾踏出中心一步，況且再過幾天，就要進行阿奇和我的第二輪與第三輪 Paint 了，也有許多孩子即將參加 Paint，外部生活館還有正和預備父母合宿的孩子，在這種情況下，朴卻要離開。

「朴是怎麼回事，你的 Paint 也快到了吧？」

「我也安排了第一輪Paint耶。」

「究竟有什麼事，要突然離開中心呢？」

「該不會是因為業績，要重新接受教育訓練吧？」

「教育訓練才過了多久，哪可能又要去？而且他不是說是私事。」

「該不會，他要結婚了吧？」

「欸，連週末都沒離開過中心的人，有機會找到對象嗎？」

孩子們七嘴八舌個不停，朴走下講臺後，黃緊接著拿起麥克風。

「所長為本中心一路奮鬥到現在，不曾停下來休息，身心都很疲憊。請各位努力準備自己的父母面試行程與課業，避免出現任何差池，直到所長回來為止。現在，請大家全部回到生活館。」

孩子們紛紛轉身。我想來想去，還是放心不下。

「哥，你不走嗎？」阿奇拉了拉我的衣袖。

我看著講臺上的崔，她正面無表情地沉浸在自己的思緒中。

「趕快走吧。」阿奇拉著我離開了禮堂。「是要出遠門嗎？會不會是出國？哇，好羨慕喔，從以前到現在都沒休過假，這次應該可以去很久吧？監護可能很認真地收集了休假點數。」

「點數？」

聽到我的問題，阿奇點點頭。「對啊，所長果然想得很周到，把點數收集起來，再一次……」

聽起來好像有幾分道理，如果休假可以累積，現在應該有一堆可觀的點數了吧？朴可以靠它們，輕鬆地離開中心。

我從座位上跳起來。

「哥哥，你要去哪？等一下就要吃晚餐了耶。」

是啊，快到晚餐時間了，不過有件事比晚餐更重要。

嗡，門一開啟，我就急急忙忙地跑了起來。

跑出長廊後，看到孩子們猶如逐青草移動的草食動物般魚貫前進著。原本還擔心會錯過，幸好遠遠就看見諾亞的身影。我一個箭步飛奔過去，拍了一下這小子的肩。諾亞被嚇得魂飛魄散，立刻轉過來，迅捷的姿勢教人嘆為觀止。監視攝影機在我倆頭頂上閃爍著。

「幹麼啊你！」

「你，藍莓都用完了吧？」

這小子上下打量我，一副「這還需要問嗎？」的樣子。

「我還剩下很多，全都給你。」

「真假？」諾亞一臉驚訝，瞪大了眼睛。

「我們是朋友吧？」

這小子再度掃視我全身上下。我知道他為什麼露出這種表情，雖然對他感到很抱歉，但此時此刻，我只能這麼做。

「抱歉啦，拜託諒解我一下，因為沒多少時間了。」我瞥了一眼頭上的監視攝影機。

「是要諒解什麼？」

「好好咬緊牙根。」

「什麼？」

「吼，我叫你咬緊牙根啦！」

我朝他的臉揮出一拳。碰噹，諾亞跌倒在地，整個走廊上頓時響起「嗡」的聲音，紅色警示燈也開始閃爍。

「傑努三〇一、傑努三〇一，違反禁止暴力規定，違反禁止暴力規定，現在馬上到中心……」

智能手錶不偏不倚地指著六點，諾亞跌了個四腳朝天，很吃力地吐出幾個字：

「啊……喂，你幹什麼啦？臭小子！」

「Sorry。」我趕緊朝電動步道奔去。

◆

「諾亞又沒做什麼，為什麼要打他？」

「聽說懺悔室移到中心大樓了，所以我來參觀一下。」

「你是在跟我開玩笑嗎？」黃雙手交叉於胸前，凶巴巴地怒視著我。

為了避免被黃察覺，所以我不時偷瞄置物櫃上的盒子，在這些東西的某處……

「交出智能手錶。」

黃一聲令下，我鬆開了智能手錶。

「一字不漏地寫下為什麼要打諾亞的原因。」

黃在桌上放了一支原子筆和一張紙，就出去吃晚餐了。門關上了。掛在牆上的時鐘指著六點十五分。

我低頭看著白紙，諾亞聽到崔和朴起口角的時間是傍晚六點半，所以我還剩下半小時。就在此時，「嘰」，我聽見了門開啟的細微聲響，也聽到喀噠喀噠的腳步聲。我趕緊翻找置物櫃上的盒子，不一會就找到了裝在某個盒子內的遙控器。

我按下保安鈕，特殊合金打造的門咻地變成透明，出現了朴坐在辦公室的身影。一看到朴，內心突然升起一股愧疚，良心也吶喊著「這是不對的行為」，儘管如此，在系統門功能關閉時，我仍忍不住持續按下保安鈕。

坐在書桌前的朴站起身，望向窗外，表情寫滿了焦慮與不安。那不是要去休假的人會有的表情。

就在此時，一段低音旋律響起，朴的智能手錶亮起了燈，半空中突然出現崔的全像投影。

「今天就不聽報告了。」

崔還沒來得及說什麼，朴就關掉了全像投影。我吞了吞口水。要是變成這樣，就等於計畫搞砸了啊！崔非來不可，也必須質問朴才行。如果崔不在場，我來這也就沒有意義了。現在我該怎麼做？黃會不會知情呢？我該問他嗎？就口風緊的程度，黃也不惶多讓，就算他知道也不可能洩漏半點。我該就這麼讓朴離開嗎？越是在放假期間，朴就越用心照顧留在中心的孩子們，對孩子們來說，朴就像是安心、可靠的父親。他會傾聽孩子們說話，耐心等待我們敞開心房，見到畏畏縮縮的孩子，也會主動去接近他。我很擔心朴要離開中心，擔心他永遠不回來了……

說時遲那時快，嘰，辦公室的門開啟。沒有獲得允許就擅闖的人正是崔。

朴轉身面向崔，似乎早就料到會這樣。

「我剛才不是說了，今天不聽報告。」

「我沒有說是要來報告的，我還沒來得及開口，您就關掉畫面了。」崔擺出一副下一秒就要怒吼的氣勢。

「您應該沒什麼要說的，請回吧。」

「在這關鍵的時機點，所長卻說要暫離崗位，我怎麼可能沒有話要說？」

「我已經請黃代理職務了，況且，其他監護也在……」

「學長。」

學長？什麼學長？這種稱呼在NC中心並不適用，這代表兩人不是在中心初次見面的嗎？朴看著崔，臉上難掩驚慌神色。

「這裡是中心，請使用敬稱。」

所有監護都對彼此使用敬語，除了所長，也沒有其他特別的職等或頭銜。身為所長的朴從未怠慢任何職員。崔看了一眼手腕上的智能手錶，突然不明所以地笑了出來。

「距離下班還剩半小時呢。我明天會早半小時上班，今天就早點下班吧。好，現在我不是你的屬下了吧？」

「監護。」

「我現在不是屬下了，要是聽起來不自在，那學長你也省去敬語啊。」

崔露齒一笑，朴無奈地搖搖頭。即便是平時，崔也經常捉弄身為所長的朴。

「好吧，妳想說什麼？」

朴的嗓音打顫，猶如在水中暈開的墨水。此時，他已不再是冷靜客觀的所長。

「現在總算能溝通一下了。」看到崔大大吐了口氣，似乎也很緊張。「我一畢業就參加了監護人考試，假如說沒有受到學長影響，那是在騙人。我一直很想成為在孩子身邊、為他們打氣的優秀監護，所以我埋首苦讀，在最後一關考試時拿了最高分。學長認為我為什麼會這麼做？」

原來兩人是在大學時認識的啊。光憑那語氣和眼神，崔和朴似乎比我想像的更瞭解彼此。其他監護都覺得難搞的所長，只有崔敢不時地調侃、逼迫他。我這才明白，崔怎麼會有那些帶著惡作劇成分的言行了。

「只有在最後一關拿最高分的人，才能自由選擇想去的工作地點。我能去第一中心G的機率可說是百分之百。我真的卯足了全力，非要拿第一名不可。但最後，我申請了這裡，最後中心，這個業績最差、臭名遠播的中心。可是，聽說在最後一關拿到最高分卻申請這裡的，還有一個人呢，除了我，還有學長。」

我還納悶為什麼崔會來最後中心呢，終於解開了疑惑。

「我為什麼這麼做呢？為什麼來這個最糟糕的地方？」崔表情緊繃，盯著朴。「因為我想要待在處境最困難的孩子身邊。找到父母，對於在中心生活超過十年的孩子並不是什麼太開心的事。業績差，意味著有很多孩子對找父母感到不安，也代表他們需要更多愛。」

崔調整了一下呼吸，再次開口：「你要去哪裡？」

朴沉默了好一會兒，才終於緩緩開口：「我考慮去國外一趟，找找看和NC中心有相同功能的地方，詳細行程還沒安排，不過我打算從現在開始……」

「學長。」崔打斷了這番不像朴平時作風的話。我也覺得朴很焦慮不安，好像被什麼追趕似的。

崔朝朴走近半步。

「你真正想去的不是那裡吧？我再問最後一次，你想去見的是什麼？」

這也是我想問的。難道朴下定了什麼決心嗎？我和阿奇一直很好奇的某樣東西，正緩緩浮上水面了。就在此時，系統門的功能關閉，我又按了一次遙控器的保安鈕。

「妳這什麼意思？」

「學長自己心知肚明吧？」

「不，我不知道。」朴的臉因痛苦而扭曲成一團。

「學長，你知道我為什麼要跟隨你的腳步，參加監護人考試嗎？」崔的聲音變得溫柔，「喝了酒就會隨手抓起東西亂丟，拿玻璃碎片威脅七歲兒子的暴君，雖然酒醒後，會為了自己犯的錯感到不可置信、發著抖下跪，但愧疚感永遠都只在那一刻，到了晚上，他又會陷入酒精而無法自拔。兒子沒有好好吃飯、睡覺，都骨瘦如柴了，他卻只會將各種埋怨發洩在兒子身上，這就是學長的父親……我總是會想，在那種環境下，年幼的學長有多痛苦，我好想拍拍你的肩膀、為你打氣。」

我驚愕地用雙手摀住嘴巴，整個人都呆住了。我一直以為，朴是被比任何人都重視原則的父母撫養長大，深信他是在關係和睦的模範家庭生活，怎麼也無法想像，為了孩子不惜犧牲自己、總是竭盡全力的朴，有這麼悲慘的童年。

可是突然間，我又覺得正是因為如此，他才會來這裡。他比誰都想替孩子介紹最棒的父母，盼望任何一個孩子都不會受傷，內心也竭力想要擁抱那個尚未長大的孩子的傷口……

就在我飽受衝擊而發楞的時刻，系統門窗功能正好關閉。我再也無法按下遙控器，也無法用雙眼注視著朴和崔了。我一動也不動地呆坐，勉強聽見從門的另一頭傳來的說話聲。

「好啊，你要去哪就去吧，只要學長的心情能變得比較輕鬆，能忘掉那份痛苦的話。」

「……我很害怕。」朴的聲音顫抖著，像在喃喃自語。「光是聽到腳步聲、聞到酒味，我就害怕得像是要窒息。對我來說，父親是巨人，是怪物，也是惡魔。那樣的怪物，現在卻如風中殘燭般蒼老，因生病而瘦成皮包骨。」

朴，去見了那個生病後骨瘦如柴的年邁父親，就在我第二輪Paint那天。

「醫生說，很難熬過一個月。」朴說著，發出猶如風吹般虛無的笑聲。「聽到那句話時，我的心情很奇怪，我曾經巴不得父親去死，祈禱他早日消失在這個世界，可是，為什麼我現在卻笑不出來呢？」

朴似乎是在問自己。

「去吧，去陪在他身邊。」

「我為什麼要？」朴冰冷的反問。

「你不是想去嗎？」

「不，我累了，最重要的是……」

「我不是要你原諒他。」

原諒？真的能夠原諒嗎？——不，非這麼做不可嗎？因為他是父親，因為他老了、病了，因為他快死了……真的能夠饒恕曾經那樣虐待自己的父親嗎？究竟為什麼？這麼做是為了誰？

「不是為了那個人，你也明白的，學長。」崔的聲音中帶著哽咽。「是為了你啊……」

崔再也說不下去了。此時，站在崔面前的人不是所長，也不是監護，而是害怕父親酒醉後會拳腳相向、躲到壁櫥裡瑟瑟發抖的小孩子。咕嚕，唾液輕撓喉頭往下流動，我也不自覺地咬緊嘴脣。

崔再度開口：「學長，你不必再逃了，現在沒有人可以隨意對待學長，沒有人可以傷害你。」

一陣短暫的沉默降臨之後。

「我不會逃跑的，但不代表我要原諒他。」

「我知道。」

「我是想再最後告訴他一件事。」朴的聲音微微顫抖，想必他此刻，也習慣性的握緊了拳頭。「我，和你不一樣。」

雖然我看不到，但崔現在一定正拚命地點頭。

「這麼做不是為了那個人。是為了我自己，為了我……」

兩人沒有再說話，世界彷彿按下了靜止鍵。剎那間，好多想法閃過。我只是不知道親生父母是誰而已，並沒有充滿創傷的童年，根本無法揣測朴的傷痛有多深，但似乎仍能體會朴所經歷的痛苦。最重要的是，我感到羞愧不已，對於在朴、崔、阿奇與諾亞面前自以為是的自己……

「沒有一個當父母的，可以事先做好萬全準備啊。」

「決定父母的選擇權，完全掌握在我們手中，不是嗎？」

狂跳不已的心臟逐漸平靜，胸口感到一絲冷風吹過，就像大家誤解NC中心般，我也把世界侷限在狹隘的框架中，誤以為這就是全部，一直避免去想像外頭還有什麼。

一直以來，我都是用這種視角擅自評斷每件事。

看到宛如白紙的牆面，我想起了一望無際的白色雪原。在望著海出神的朴眼中，究竟看到了什麼呢？會是以寬廣的胸懷擁抱孩子們的海洋，還是侵蝕孤島邊岸的兇猛波浪呢？

我這才明白，為什麼朴會用那麼嚴苛的標準衡量來到中心的預備父母了，一定是不希望有下一個與自己一樣的孩子。被父母傷害、遭受虐待的記憶會糾纏孩子一輩子。這件事，比NC出身的標籤更難承受。

朴是個內心強韌的人，從他能成為這麼正直的大人就能知道，要做到這點並不容易，如果內心不是如鋼鐵般堅硬，很難辦到。因此，我們的所長必定會神清氣爽的歸來，因為他是個清楚知道自己該站在什麼位置的人，因為他比任何人都堅強。

我用原子筆寫下一行又一行的反省文，腦中浮現阿奇和諾亞的臉。好久沒有提筆寫字了，無法用言語訴說的字句如沙粒般傾瀉而出。

你有聽說那件事嗎？

不知不覺，朴已經離開了一個星期，中心就和往常一樣忙碌運作。許多預備父母拜訪中心，孩子們也忙著準備Paint，為了尋找某個能將自己人生渲染成不同色彩的人，為了能替名為家庭的籬笆塗上燦爛的顏色。有時，我會望著中心大樓，心想朴對父親說了什麼，朴的父親，會祈求他的原諒嗎？朴的旅程，仍在持續著。

崔似乎是想填補朴離開後的空缺，比之前更賣力工作，週末也經常留在中心照料孩子的起居。時間越久，崔也越來越不將情緒表現在臉上，總覺得她與朴越來越像了。

順利結束第二輪Paint後，阿奇正滿心期待著即將到來的第三輪Paint。

「果然就像我想的，爺爺、奶奶的手都好溫暖。奶奶染了頭髮，第一輪Paint時，奶奶想要展現原本的模樣，所以沒有做任何造型上的改變，但現在希望可以在我面前顯得年輕一些。爺爺說他已經開始學風浪板了，雖然身邊的朋友說『都這把年紀了，還學什麼風浪板』，但爺爺一點都不在意。我請爺爺一定要小心，爺爺說，他有做好保護措施，所以沒關係。對了，奶奶問我，除了簡介上寫的食物，我還喜歡吃什麼。他們都說，現在要比之前忙上好幾倍，覺得這樣很棒。」

阿奇嘰哩呱啦說了一大串，才瞥了一下我的臉。「抱歉，我太愛炫耀了。」

這小子又在瞎操心了。

「欸，我光用想的都覺得有壓力，要是有人在意我到那種程度，我應該會窒息吧。」

見我忍不住發抖，阿奇的眼中隨即有淚珠在打轉，閃閃發亮。

「怎麼會有壓力？那是為了我才做的，當然好啦，哥哥的腦中真的充滿了對父母的負面想法。」

「那你不就是充滿幻想囉？」

「才不是幻想咧！我說的是事實。」

幸好，阿奇說的都不是幻想。我可以感覺到，爺爺、奶奶有多喜歡阿奇。瞭解某個人的過程需要投資時間和努力，也許這正是父母與子女間最重要的。

「不過，哥哥為什麼都不說？哥哥真的喜歡他們嗎？說說看嘛。」

如阿奇所言，我的第三輪 Paint 也即將到來。那兩人很忙碌，好一段時間沒辦法來，不過倒是傳了幾段全像投影給我。他們依然無法慎重揀選用詞，也總是毫不拘束地說出自己的想法。

「萬一我們和傑努變成一家人，八成沒人會相信你是我們的兒子，我們兩個根本就生不出你這種臉蛋嘛。你喔，該怎麼說咧……算是長得有點高級？」

「妳講話很好笑耶，假如傑努是高級臉，那妳跟我是廉價臉嗎？」

他們一定不知道，那天我有多努力忍住別把口中的咖啡噴出來。崔似乎早就死了這條心，一聲不吭地坐著，表情也超級搞笑。總之，第三輪 Paint 終於可以在無監護的陪同下和預備父母聊天。這幾乎可說是最後階段了，而我，也站在了要接受或拒絕他們成為家人的分岔口。

要是和荷娜與昇陽一起離開中心，我就會有新的姓名和學校，NC 出身的標籤也會消失不見。只要條件允許，我還能上大學。

「哥哥很滿意他們吧？看來哥哥好像會比我更早離開中心耶。」

真會如此嗎？我可不敢打包票。

「對了，你有聽說那件事嗎？」

「什麼事？」

躺在床上用腳打拍子的這小子忽然撐起上半身。

「聽說有間中心替某個孩子安排Paint，卻不給他看預備父母的全像投影，連事前資料都不給，直接要孩子去參加。雖然有點怪怪的，但監護強調一定要去見他們，那孩子就去了。沒想到他一走進面談室，那對預備父母就放聲大哭。」

「不會吧？」

「哇，哥哥腦筋動得好快。」阿奇好像覺得很掃興，再次癱倒在床上。

我從來沒想過，會有親生父母到中心來找孩子……

「不覺得真的很怪嗎？」阿奇的一雙圓眼盯著天花板，像要把天花板給看穿了。

「如果拋棄我的人跑來找我……」

光用想的都頭皮發麻。我們是國家的孩子，在遇見新父母前，撫養、教育、照顧我們的一直是國家。儘管生物學上的父母應該生活在某個地方，但他們就與恐龍差不多——曾經存在於地球，但現在已經消失得無影無蹤的滅種動物。

「所以他做了什麼選擇？」

「要選擇什麼？」

「他就跟著親生父母走囉？」

「哥哥明明很聰明，但有時又很像笨蛋耶。那是當然的啊，明明有親生父母，為什麼要待在NC？聽說馬上就離開了。」

「什麼？也沒進行Paint？甚至沒有合宿一個月？該不會根本沒問孩子本人的意願就送他走吧？」

「親子鑑定無誤，又有想找回孩子的心，還需要什麼？」

「超過十四年都不知道有這樣的人存在，卻在一天內就要跟著他們走？沒有時間親近，對彼此也不太瞭解，單憑血緣這件事，就要喊他們爸爸、媽媽？」

「我也不知道，不然要怎麼辦？」

就算是親生父母，突然要與分別超過十四年的人同住一個屋簷下，不就等於是沒有智能手錶，也沒有導航，要在陌生的城市找路一樣嗎？

「假如是哥哥，會怎麼做？」

「我絕對不會回去。」

「這件事可能不是哥哥能作主的喔。」

父母能以生下我們為由，擁有一切選擇權，決定要親自撫養孩子，或要託付給NC，我們卻不一樣。

「是為了我自己，是為了我……」

朴說的那句話，是什麼意思呢？巴不得他能消失在世上的父親就快死了，為什麼朴會那麼痛苦？這代表曾經虐待朴的父親，仍是他的父親嗎？就憑血緣這個理由？

「我也向爺爺、奶奶提起了哥哥，我說你是個超級挑剔、壞心眼的人。」

「是啊，你怎麼知道？」

這小子淘氣地吐舌頭。「我覺得，他們看到哥哥，也一定會喜歡你的。」

阿奇是個會想炫耀自己的寶貝的孩子，對此我充滿感謝。希望爺爺、奶奶也能像阿奇一樣寶貝、珍惜他。阿奇再次吹起口哨，用腳打著拍子。不知道他在想什麼，想得那麼出神，一直注視著天花板。

◆

面談室內不能超過四人進入，只會有進行Paint的孩子、預備父母，還有一名監護。雖然我也碰過和兩名監護一起面試的情況，但那天是特殊情況。

「進來。」

我呆呆看著阿奇和老夫婦，明明是阿奇參加Paint的日子，為什麼連我都要來面談室？

「過來坐下。」崔指著椅子。

收到要我去面談室的通知後，我很詫異。阿奇應該正在進行第三輪Paint，為什麼要叫我呢？我又確認了一次，但崔只說「現在立刻過來」。

我立刻跑過去。在面談室的有阿奇和即將成為他父母的兩個人。兩位都朝我露出溫柔和藹的微笑。

「哥，快過來坐下，這是我特別向監護拜託的。這是哥哥、我，還有在座的人的祕密，絕對不可以說喔。」

我慎重地點點頭，有些遲疑地坐下。

「果然像我們阿奇說的，是個很帥氣的哥哥呢，聽說你功課很好，讀了很多書。阿奇說你教他功課，把他當成親生弟弟照顧，驕傲得不得了。」

聽到「我們阿奇」這幾個字，這小子笑得一臉滿足。

「阿奇說了很多關於兩位的事，親自見到後，果然很值得阿奇炫耀。阿奇是個善良開朗的孩子，和他住在一起，獲得了很多正能量。」

有人說，年紀越長，臉上越能顯現出人品。兩人眼角的鮮明皺紋，表示一直以來都笑口常開，突出的手指關節，證明了他們的誠實正直，雖然衣著看上去很舊了，但乾淨整齊，也顯現他們的簡樸個性。「我們阿奇」這幾個字所蘊含的溫暖，意味著兩位已經將阿奇視為親生孫子看待。

「我們有一家小店，員工中有NC出身的人。我們沒有對其他人說，擔心招來不必要的偏見。我們從他們口中得知了這裡的事，多虧於此，才能遇見這麼討人喜愛的孩子。」爺爺呵呵笑著。「幸好阿奇有個很棒的哥哥。聽阿奇說，你也在進行父母面試，雖然不知道是什麼樣的人，不過他們肯定會珍惜這麼帥氣又聰明的你。」

「謝謝您。」我再次深深一鞠躬。

「好，希望在不久的將來，我們可以在中心外頭，和你的父母一塊見面。」

走出面談室時，崔也跟著出來。

「您違反了兩項規定。」我對崔說：「面談室除了面試者、預備父母與監護，不得有第三者在場。」

崔雙手交叉於胸前，一副「你繼續說啊」的笑容。

「沒有讓孩子和預備父母單獨留在面談室內。」

「是啊，我今天違反了所有的規定。」

「等朴回來，我會去打小報告。」

聽到朴這個名字，崔露出無力的微笑。「辛苦了，回去吧。」

「所長他……」

已經轉身的崔，再次轉頭看我。

「應該過得很好吧？」

崔點點頭代替了回答。

「他會回來吧？」

「當然，很快就回來。」

換作是朴，就算阿奇苦苦哀求，大概也不會允許今天這種事，因為難保不會發生什麼混亂的情況。一想到朴，胸口就莫名感到沉重。朴的休假何時會結束呢？我默默看著面談室緊閉的門，朝電動步道的方向邁出步伐。

朋友，我等你

秋天過去了，中心完全進入了冬季。儘管環繞圍牆的森林四季如春，但種植於運動場上的樹木都變得光禿禿的。一跨出步伐，腳下乾枯的樹葉發出了窸窣的聲響。

「真的很抱歉，這麼重要的面試，我卻一個人來了。」

荷娜一臉難為情地搔搔頭，我笑著搖頭表示不介意。經常以全像投影聯繫的我們變得更親近了，我也很自然地開始直呼他們姓名。聽說昇陽患了流感，中心的衛生管理進行得很徹底，為了防止外部人士帶入傳染病，要是體溫異常就禁止出入中心。在得到流感的昇陽痊癒前，均不得踏入中心。聽到崔說要延後 Paint 的日期，我說要和荷娜單獨碰面，幸好荷娜也爽快答應了我的請求。

今天是沒有監護的陪同，與預備父母單獨對話的日子，可以盡情說出之前顧忌監護而沒說的話。和荷娜並肩走在一起，總覺得有點尷尬。我走在荷娜左側，於是荷娜把原先揹在左肩的背包改到右邊。雖然外頭的風很冷，心情卻很輕快。

「您這段時間過得如何？」

聽到我的關切，荷娜的臉上漾起微笑，似乎心情很好。

「要開始正式動筆了，這才發現沒有想像中容易呢，不過想法好像比先前更豐富了。就算再怎麼喜歡寫作和閱讀，把它當成職業後，壓力不小呢。目前我先在個人網站上毫無壓力地連載文章，結果幾天前有位編輯聯繫我，問我要不要集結成書出版。」

「真的嗎？恭喜您。」

「比起高興，其實我有點害怕。」

「您一定會做得很好。」

我不是很瞭解荷娜過去擁有什麼樣的人生，只能憑聊天時的幾句話來想像而已，假如往後能讀到荷娜所寫的故事，是不是就能多理解她一些？

「對了，你有想過名字嗎？」

名字？我一臉疑惑地看著荷娜。

「離開中心時，不是要取新名字嗎？」

「嗯……」

有些孩子會在找到父母前就想好名字，也有孩子三不五時就會思考有沒有獨特好聽的名字。有些孩子堅持取沒有漢字的純韓語名字，也有些孩子會執意找到具有正面涵義的漢字。走出中心那一刻，傑努、阿奇、諾亞、小俊等原來的代號會消失，跟在名字後頭的數字也自然會被抹去。猶如剛從媽媽肚子裡出生，剪斷臍帶、自行呼吸的新生兒般，擁有新名字，朝嶄新的世界跨出一步。

「好羨慕啊。」

「羨慕什麼？」

「我是指能替自己取名字，這和改名的感覺完全不同。」荷娜望著遠處的全像投影森林。「我不怎麼喜歡荷娜這個名字，小時候常被取笑。荷娜不是和數字一的發音一樣嗎？上體育課時，只要老師喊一、二、一、二時，大家就會看著我咯咯笑。」

我倒是沒仔細想過姓名這件事，進入NC中心的那個月份就是每個人的名字。無論喜歡或討厭，大部分人的名字都是由父母決定，而大家也都用同一個名字，用那個完全無法反映主人意見的名字，過完一輩子。

「您在第一輪面試時說過吧？」

荷娜用「說過什麼？」的表情看向我。

「您在準備面試時想起了母親，如果能親自面試母親，不知道會是什麼感覺。我可以問原因嗎？」

荷娜神情苦澀地看著結凍後白皚皚的地面。假如她想隱瞞，一開始就不會提起，因此我才會問，她為什麼那樣說。

「媽媽一直都待在我身旁，就像我的四肢，與我形影不離。甚至到我九歲為止，都要抱著我進浴室。不瞞你說，我小時候體弱多病，所以媽媽總是提心吊膽、憂心忡忡，只要對身體好的，她都會為我做。學芭蕾也是因為這樣。她希望我能維持身體的平衡，擁有正確良好的姿勢，只要認為對我的身心、頭腦或情緒有幫助的，媽媽無論如何都會弄到手。」

宛如自己手腳的母親，會是什麼樣的人呢？荷娜的母親竭盡心力照顧女兒，荷娜本人卻顯得晦暗。

「媽媽想讓我接受最好的教育，老實說，我和媽媽也始終相安無事地生活著，因為在我想要什麼、提出要求前，媽媽就已經安排好要做什麼、要學什麼、該穿什麼上臺報告。媽媽的未來，就等於我的未來。」

我似乎有些明白荷娜想說什麼。母親在荷娜身上繫了好幾條繩子，就像小木偶一樣。

「當然，我也認為這一切都是媽媽的愛，即便只是下毛毛細雨，媽媽也會親自開車送我到學校，大家都很羨慕我。但過沒多久我就發現了，媽媽的愛的本質是什麼。」

「本質」這個詞，我覺得好陌生。愛本身不就是核心與本質嗎？實在很難理解，媽媽一心只想著女兒的愛裡頭，還有其他原因或理由。

「本質？」

聽到我的問題，荷娜像噎到般笑了出來。

「因為我媽啊，是在家境不富裕的環境長大的，想做的不能做、想要的也無法擁有。媽媽之所以讓我穿上漂亮的荷葉邊洋裝和閃閃發亮的漆皮皮鞋，並不是因為把我當成小公主呵護。」荷娜的語氣隱約帶著冷淡：「她只是想透過我，獲得替代性的滿足。」

令人吃驚的是，荷娜臉上難掩的情緒是憐憫。我一言不發地和荷娜踩著相同的步伐，冬天的寒風拂過臉龐。我能夠感覺得到，荷娜認為自己給媽媽造成的痛苦，遠勝過她對媽媽的埋怨。

我知道有些人會透過子女來實現自己無法擁有的東西，或是無法實現的夢，但那都只是他們的夢想與目標。即便荷娜的母親憧憬再頂尖的環境和教育，也不過是那位母親的夢想。荷娜是與母親截然不同的個體，擁有迥然相異的夢想。陷入沉思的荷娜，突然噗哧一笑。

「升上一個年級、開始經歷青春期後，我開始問自己，妳是真的喜歡跟媽媽去看表演、在媽媽報名的補習班上特別班、和媽媽一起運動嗎？妳不是更喜歡一個人看書、天馬行空地想像嗎？」

不知從何時開始，跟在自己背後、名為母親的長長影子讓荷娜感到窒息。母親經常掛在嘴邊的「都是為妳好」，壓得她喘不過氣。

「媽媽希望我成為外交官，自由自在地往返世界各國，去看那些她無法見到的國家。那時我才瞭解，為什麼從小媽媽就要求我學各種外語，因為我是實現媽媽夢想的代理人。」

也許，現在仍有許多孩子，不是為了自己的夢想，而是以父母夢想的代理人活著。不，他們可能連自己是代理人的事實都沒意識到。

我忽然想起日前荷娜說的話。

「終究，我自認為構成我的那些東西，都是被塑造出來的……那麼，父母又是如何養育在記憶形成之前的我呢？」

找到完全的自己，無論是誰，都需要耗費很長的時間，因為自認為構成「我」的要素，實際上可能來自於外部。我也一樣，那些構成我的特質，也許都是在名為中心的特別系統中形成。就像和陌生人成為朋友需要花許多時間，在我認識自己、和自己變親近、充分理解自己為止，需要花上長時間的努力。

「我花了許多時間，讓媽媽和我徹底分離。看到那樣的我，媽媽一定深深覺得遭到了背叛吧。當時的我心想，妳雖為了我犧牲自己的人生，付出所有心力，我卻再也不需要媽媽了。慢慢的，我逐漸走出自己的人生，不知不覺也到了該獨立的年紀，我認為那是很自然而然的變化，但就在那時，我領悟到一個重要的事實。」

「是什麼呢？」

「正如同我需要在情緒或經濟上獨立，媽媽也需要學習獨立。」

我曾以為所謂的獨立，是長大成年的子女離開父母後自力更生，但也許就像荷娜說的，父母也需要脫離子女獨立。看到子女以完全屬於自己的模樣生活，內心感到欣慰與高興，而不是覺得他們背叛了自己，父母也才算是脫離了子女，走向真正的獨立。

我們再次邁開步伐，荷娜和我保持一定的距離並肩走著。所謂家人，也許就是站在遠處注視的人。「遠處」的意思是，雖然在視線範圍內，雖然注視著彼此，卻很難對話的距離，而那會不會就是父母與子女之間的心靈距離呢？

聽完荷娜的話，我似乎能理解她母親的心情，也感到很遺憾。她希望女兒能成為外交官，成為活躍於世界各地的女性，但比成為外交官更重要的，難道不是女兒的幸福嗎？就算姿勢不太標準，就算外語說得不太好，只要荷娜覺得幸福，不就應該相信這樣就足夠了嗎？

「我在物理課學過有關摩擦的原理，聽說摩擦是發生在彼此接觸的物質之間的一種力量，而且只會出現在與運動方向相反的方向。」

「抱歉，我那方面很弱。」荷娜投降似的舉起雙手。

「人與人的心，也會產生摩擦。」

就像太過靠近，就會產生擦撞的家人一樣。

「假如知道了摩擦的原理，就會盡量減少擦撞的機會吧？」

「理論與現實，應該是兩回事吧？」

我和荷娜同時笑了。一陣風吹來，吹亂我倆的頭髮。荷娜的微笑看起來輕鬆自在，立志寫出自己文章的人生，也顯得很有自信。

「要和像我這麼大的孩子一起住很不容易的。」

「是啊，沒錯，一定不容易。」荷娜聳聳肩，將雙手插進口袋。「我和昇陽討論過，像我們這麼不成熟的人，能成為你心中的好父母嗎？說真的，我沒信心，也許會讓你失望透頂。」

「也可能對我感到失望啊。」

荷娜露出「那倒也是」的表情笑了。

「父母是什麼？我思考過這個問題，我是指像你這樣一個成熟的十七歲男孩的父母。還有，昇陽和我也思考過，我們一定要成為父母嗎？難道不能成為朋友嗎？對十幾歲的孩子來說，朋友不是比父母更重要嗎？不能對父母說的，不都會對朋友說嗎？」荷娜繼續說：「和我最要好的朋友都是高中認識的。當年我們才十幾歲，即便是微不足道的事也很容易興奮，笑得花枝亂顫、吵吵鬧鬧。現在只要看到彼此的表情，就能看出『她八成又有什麼事了』。但我也忘不了變熟以前的生疏感。經過一段時間，我們知道了彼此的姓名，經常玩在一起才變熟。當然也會吵架、失望，甚至有過絕交的想法，不過最後，我們成了世界上最瞭解彼此的朋友。」

荷娜轉身面向我。

「成為一家人後，會有高興的時候，也會有失望的時候，對你也是如此吧？但只要時間久了，一切都會變得不同。我們會變得很親近，光看表情、光聽聲音，就能知道彼此發生了什麼問題。在那之前，會需要很多很多時間，就像我和朋友那樣，和昇陽成為夫妻時也是。」

「兩位都希望我加入嗎？」

荷娜毫不猶豫地點頭。遠處響起了鳥啼聲。

「要不然也不會在這裡了呀。傑努，你呢？結束這次面試後，想和我們嘗試一下合宿生活嗎？」

經過第三輪Paint、結束合宿後，我就會真正離開中心，前往荷娜與昇陽的家。我身分證上的NC出身紀錄也會被刪除，只是……

「對不起，但面試就到今天了，我不會參加合宿的。」

荷娜吃驚的看著我，不知道是因為我拒絕合宿，還是沒有透過監護就直接告訴她結果，但至少最後一次，我想親口向她道別。也許是為了這個，今天我才會在這裡。

「是啊，你這麼聰明的孩子，不可能信任我們這樣的父母吧……」荷娜露出苦澀的笑容。

「不，兩位要比過往我在面試時遇見的任何父母都令人印象深刻，我不是在說客套話。如果透過監護轉達，好像無法傳達我的真心，所以我想親口說。」

荷娜以「那又是為什麼？」的表情催促我說下去。

「我還不想離開這裡，想在這裡繼續學習、生活。很抱歉沒能事先告訴您，但我之所以繼續進行面試，是真心想聽聽兩位的故事，我不是在開玩笑，或中途改變了主意。」

我鄭重地向荷娜敬禮。

「其實我也在面試期間想了很多。最終面試還沒結束，我就已經開始挑剔我們要改的部分或不好的習慣，這與苦惱要不要生孩子又是不同層次的問題了。這段時間讓我們反省、學到了很多，反倒是我們該感謝你才對。」荷娜朝我眨了眨眼。

果然如我所料，荷娜諒解、包容了一切。他們並不像監護擔心的，是不成熟或準備不充分的人。在與荷娜、昇陽兩人見面的期間，我切身體會到「家庭」這個說大不大、說小不小的社會有多麼複雜，形成又有多麼不容易。

「本來只是想說也許有機會，幸好我帶來了。」荷娜在背包裡翻找，拿出某樣東西。「這次可以送你禮物，對吧？」

我看著荷娜手中的相框，上頭畫著我笑得很燦爛的臉，是昇陽畫的。

「我正要出門，昇陽交代我一定要拿給你，還有，雖然不知道能不能說這種話……」

荷娜一臉難為情，稍微打量了一下周圍，然後湊到我耳邊：「打開相框後，畫作後面有我們的電話和地址，是昇陽寫的。」

選擇父母告吹後，孩子與預備父母不可交換任何聯絡方式，不僅不能交換智能手錶號碼，地址和電子郵件也全面禁止。

「我從中心畢業後，真的可以去找你們嗎？」

「當然，那我們就能成為真正的朋友了。」荷娜綻放如頑皮鬼般的笑容，補上一句：「而且比父母更親近！」

我緊緊抱著昇陽替我畫的作品，彷彿能從小小的相框感覺到溫度。

還以為只會散步片刻，沒想到轉眼間過了兩小時。會覺得時間過得很快，表示見面的時光很愉快。崔看著我們的表情很微妙，該怎麼說呢，好像喜憂參半。

「這次散步還愉快嗎？」

「愉快。」荷娜看著我，眨了眨眼。

「傑努三〇一呢？」

「我也是。」我也抬高嘴角，朝荷娜微笑。

「那麼，」崔走過來，表示告別的時間到了。「我們很快就會通知您下個行程。」

荷娜與我看著彼此，荷娜輕輕點頭。

「請慢走。」

聽到崔的道別後，荷娜仍站在原地，溫柔的凝視著我，那是彷彿會記住我很久的眼神。直到崔清了清喉嚨，她才像是回過神似的問我：

「嗯……可以抱你一下嗎？」

我放下摟在懷中的相框，荷娜緊緊抱住了我，撲通撲通的心跳聲傳進我耳裡。

「朋友，我會等你的。」

聽到荷娜的話，我輕輕點頭。到目前為止，沒有任何預備父母抱過我，因為Paint從來不曾進行到可以擁抱的階段。荷娜是唯一和我單獨散步、擁抱的大人——不，是朋友。

荷娜一臉遺憾的再次以眼神道別，離開了中心。

崔側頭看著我。「我第一次看到你這樣。」

「我怎麼了？」

「看你笑得這麼開心，這難道不是你第一次對預備父母敞開心房嗎？」

我愣愣地看著放在桌上的畫。為了畫這個，昇陽一定花了很多時間吧。才能，似乎並非取決於有多厲害，而是絕對不會放棄，就好比就算每天吵架、受傷，也不會分開的家人一樣。不對，這會不會是已經超越家人的某樣東西？

崔好像正在用智能手錶搜尋合宿所的資料。

「現在與預備父母合宿的孩子有十個，你打算什麼時候進……」

「我不參加合宿。」

崔錯愕的看著我。「你說什麼？我有沒有聽錯？我親眼看到你滿臉笑容地走進來耶。」

「您的聽力和視力都很正常。」

「你在散步時聽到了什麼奇怪的話嗎？」

「沒有，散步全程都很完美。我不是說了嗎？什麼事都沒有。」

「那問題在哪裡？」

「沒有問題，他們都是好人，雖然很遺憾沒見到另一位。」

崔不知道是不是覺得頭疼，皺起眉頭。「在你眼中，我看起來很閒嗎？」

朴離開後，崔忙碌到必須把一天二十四小時拆成每分鐘來用。她要幫孩子安排健檢時間，要檢視預備父母的文件，要商量Paint的日期，以及製作孩子的全像投影。忙碌的不只崔，所有監護都很忙，所以我也知道不能隨便招惹監護，即便只是開玩笑。

「……我只進行到這邊。」

崔的臉上浮現了完全無法解開的問號。

「我認識的傑努三〇一，絕不會做自己不喜歡的事，聽到預備父母說『下次再見』時，你也不會說『好』，即便是客套話。這就是你。我分明聽得很清楚。『朋友，我會等你的。』而你點頭了，那又是怎麼回事？」

「我不是在說謊。」

「不然呢？」崔揚起眉毛。

「說不定啊，在遙遠的未來，我們可以成為真正的朋友，比父母更親近的朋友，不是嗎？」

「傑努三〇一。」

「是。」

崔重重嘆了口氣。「我對你的一切瞭若指掌，你何時來到這個中心、身高體重，甚至連骨質密度都知道。我知道你週末主要做什麼、和誰要好，想要的話，我還可以看到你至今閱讀的書籍目錄，但是……」

該不會連我說的夢話都知道吧？哇，光用想的都覺得全身發毛。

「原來我對你一無所知啊。」

「我也不懂我自己。」我也覺得自己好陌生。

「原來你多給了我一些時間啊。」崔忽然露出微笑：「多瞭解你的時間。」

「我也是。」

我用眼神向崔告別，將相框抱在懷中。Paint就這樣結束了，我似乎又從相框上感覺到溫度，就像荷娜抱住我那樣溫暖。

Parents' Children

「你到底在幹麼，這不是在捉弄監護嗎？Paint都進行到第三輪了，你說啊！」阿奇看著掛在牆上的畫，拉高嗓門吵個不停。

把畫掛在牆上後，房間的氣氛好像徹底不一樣了。我悄悄打開相框，後頭真的寫了兩人的聯絡方式。這是沒人知道的祕密。

「阿奇，你別激動。」

「那些人犯了什麼錯嗎？還是問了什麼奇怪的事？」阿奇氣急敗壞、連珠炮地發問。

「我已經把回答告訴監護了。別說了，好累。」

「他們接到答覆一定會很驚慌，哥哥等於是在最後面試時說謊了嘛！」

「沒有，兩人都……」

我本來打算澄清，但中途決定放棄。阿奇老大不高興的瞥了一眼牆上的畫。

「呿，一點都不像。」

這是我第一次收到預備父母的禮物，也是約定要把我當成朋友的重要信物。阿奇不知道在不滿什麼，一個勁的嘟囔個沒完。

「哥哥幹麼笑得這麼開心？明明長得像刺蝟一樣。」

「你要不要嚐嚐被刺蝟刺到的感覺？」

我冷不防站起來，靠近阿奇，這小子用鼻子哼了一聲。

「你要打我嗎？好啊，那我就告你使用暴力。」

「啊！很好，說得好。要告我之前，應該要先挨打吧？」

「哥哥本來就很挑剔嘛！」

阿奇確實在幾個月內變固執了。如今馬上就要離開中心，去面對陌生的環境、和陌生的人生活了，這無疑是件好事。少了呵護他的監護、也沒有在身旁念東念西的我，對阿奇來說會是個全新的開始。

我故意伸手把他的頭髮弄得一團亂。

「你，為什麼對我說謊？」

這小子翻了一下白眼，噘起嘴。

「我什麼時候對哥哥說謊了？」

「要成為你父母的人啊，不是說是好人嗎？」

聽到父母兩個字，阿奇的眼睛瞪得圓圓的。

「你、你聽到了什麼嗎？我什麼都沒聽監護說啊！」

看到阿奇結結巴巴，看來是真心嚇到了。也是啦，畢竟這小子把全副心思都放在即將成為父母的兩位身上。

「你不是說他們是大好人嗎？我看他們不是什麼大好人啊。」

阿奇緊張地吞了吞口水。

「他們不是宇宙、超級、無敵的大好人嗎？」

「吼，哥哥真的好討厭！」阿奇氣得捶打我的手臂，拳頭的力道也變得更猛了。

「我要告你使用暴力喔！」

「嚇死我了啦！害我心跳漏了一拍耶。」

「阿奇。」

這小子一臉氣鼓鼓地看著我。

「世界上沒有完美無缺的人，假如他們要求你時時刻刻都要保持開朗樂觀，你做得到嗎？」

阿奇默默搖了搖頭。

「你做不到的，也別要求他們。就像你和我會為了小事鬥嘴，你和他們也一定會有想法不同的時候。別一心只想在他們身上找到好的一面，你也不要只展現好的一面，否則你和他們都會很疲憊的。」

「我知道，監護也有說。」

我們無法期待一整年都只有萬里無雲的好天氣，假如沒有烏雲、沒有風雨，還會有植物存活嗎？也許這個世界將會成為一片沙漠。

阿奇在第一輪 Paint 就遇到善良的人，這是天大的幸運。他不曾對預備父母感到失望，也不曾對他們產生懷疑，但總有一天阿奇會明白，不是凡事都能如自己所願，因為這個社會要比我們想得更不合理，而我希望，阿奇能在這樣的世界獲得幸福。

「他們有兒子吧？」

阿奇點了點頭。

「那個兒子打從呱呱落地就有父母，應該很習慣不必付出任何代價，就能得到某樣東西。」

也許他會認為，一睜開眼睛，餐桌上就已經準備好早餐；打開收納櫃，就有整齊摺好的衣服；校服總是洗得一塵不染，傍晚時打開家門，就有溫暖的食物香氣撲鼻而來，並把這些都視為理所當然。即便長大成人，名叫父母的監護人也會常在自己身旁。

「別忘了時時心存感謝，就像你渴望得到愛，或許他們也是如此。」

「哥哥的問題就出在這裡。」阿奇嘖嘖兩聲。「老是擔心一堆，這樣有可能把一般人當成父母看待嗎？」

透過 Paint 遇見父母，與他們的緣分也不過就是三、四次面試和一個月的合宿罷了。經過這短短的過程，有人成了一對父母的孩子，有人成了一個孩子的爸媽。儘管如此，之所以能成為一家人，一定有什麼看不見的連結存在。也許我們等待的並不是更棒、更有能力的父母，而是與我之間繫著緣分的某個人，就像由臍帶那條神祕的線，所牽起的某個人。

「哥，你馬上就十八歲了，你不也知道，如果沒找到父母……」

「噓。」我伸出食指，擱在阿奇的嘴上。「很難說喔，搞不好緣分明天就會現身。」

「哥哥明明會是讓父母抬頭挺胸、神氣十足的兒子，真不曉得為什麼還留在這裡。」

「阿奇，現在你總算知道，為什麼要用我的聲音登錄這個房間的語音辨識系統了吧？因為我早就料到你會比我更早離開中心。」

阿奇一副馬上就要哭出來似的，喃喃說道：「哥，我一定會最想你。」

「再見面不就好了。」

這句在外頭的世界可以輕易說出的話，在這裡卻幾乎不可能。走進廣大無邊的世界後，唯有靠著很強的意志才有辦法見面。我們佩戴的智能手錶和外部人士不同，只有在

NC中心內的通訊網才能連線，離開中心後就變成無用之物，也因此離開時必須將手錶交回。NC出身的背景被徹底抹去後，大家都會盡可能不再回頭。

「欸，又不是明天就要離開，現在還有手續要辦。誰曉得過程中會不會發生什麼變數？而且說不定，你會跟諾亞那傢伙一樣……」

「吼，哥哥真的很討厭耶！」

「討厭的話就快點離開，去見識更寬廣的世界、去見更多的人，去那個只要你想、哪裡都能去的地方，去沒人會歧視你的世界。」

這小子淚眼汪汪地緊咬著嘴脣。

「不要一直害人家心情七上八下的啦。」

「……你要好好過日子，好到把我和這裡忘得一乾二淨。」

想到就快和這小子分開，喉頭彷彿吞下什麼滾燙的東西般噎住了，但越是如此，就越該綻放笑容，因為悲傷無法改變任何事。

就在此時，「啪」，房間內的燈光熄掉了。在一片黑暗中，隱約看到阿奇拭淚的身影。消防演習似乎選在一個很巧妙的時機開始了，整個走廊的警鈴大作，孩子們紛紛跑出房間，走廊很快就變得鬧哄哄的。

「啊，好麻煩！」

「也沒剩幾次了，走廊的燈光都熄滅了，你要跟好，別像上次那樣摔跤了。」

我打開智能手錶的手電筒，阿奇緊緊跟在我後頭。每三個月會進行一次消防演習，當警鈴響起，生活館的所有燈都會熄滅，走廊上也會瀰漫對人體無害的訓練用煙霧。由於這種氣體就像霧氣，對呼吸不會造成任何障礙，但視線就很難掌握了。因此，必須仰賴智能手錶的燈光與紅色警示燈盡快逃離大樓。要是動作慢吞吞，就等著聽監護嘮叨一整晚了。原本在看螢幕、玩遊戲、吃零食的孩子們全都踩著小碎步前往禮堂。無聊到爆的安全教育就像一場拷問，如果想要稍微降低拷問的強度，按照監護的要求迅速離開大樓才是上策。唯有一個不漏地全員準時集合，才可能立刻解散。

在煙霧瀰漫間，傳來了熟悉的聲音，聽到那抱怨連連的口氣，肯定是諾亞。我拉著阿奇，猛然從諾亞背後貼上去。

「諾亞。」

「呃啊。」看到有隻手從黑暗中冒出來，這小子慘叫了一聲。

「是我啦，傑努三〇一。」

「你說，監護是不是下了什麼指令，要你幫忙修理一下問題人物。」

虧他還知道自己是問題人物。看吧，我不是說過很多次，知道理論不代表就能改變人生。

「你最近還有想揍我臉的衝動嗎？我覺得被打一下換藍莓好像不錯耶。」

這個嘛，雖然不知道何時需要再去懺悔室，不過屆時我可要親自拜託這小子了。

「算了吧你，看好前面的路。」

孩子們排著隊走下樓梯。長期接受演習，腦袋早已輸入了所有移動路線。我們接受的安全教育不只消防演習，就連發生地震、洪水、汽車事故等狀況該怎麼做都一清二楚。多虧於此，當警鈴響起時，身體就會自動反應。

抵達禮堂後，監護便開始迅速清點人數。聽到少了兩個，孩子們紛紛發出參雜煩躁的嘆息。到底又是被哪兩顆老鼠屎連累了？看來今天是沒指望準時回房了。

監護接到回報，隨即向黃報告有兩人不在。看到他輕輕點頭，似乎已經掌握了兩個孩子的位置。

「有兩人因感冒待在保健室，那麼全員都到齊了吧？但是這次集合比上次足足晚了五分鐘。大家應該知道，大火在五分鐘內會快速蔓延到什麼程度吧？有些孩子已經離開中心，人少了許多，集合時間卻變長了，這該如何解釋呢？」

總覺得今天是不會這樣放過大家了。眼見黃已經拿起麥克風，接下來想必會就安全這個主題長篇大論。他們明明也經歷過青春期，體會過大人那些令人難以忍受的行為，怎麼好像喝了失憶水般，重覆相同的事咧？等我成為大人，也會變得跟他們一樣嗎？啊，我可要時時提醒自己，以免忘記了。

「不然黃怎麼會有人類小幫手之稱，同樣的話都說不膩。」諾亞不滿地嘀咕。

「真是睏死我了。」阿奇也忍不住抱怨。

喀啦。就在這時，禮堂的門被拉開，原本面向講臺的孩子都不約而同地望向門的方向。走進禮堂的人正是NC的所長，朴。

「監護！」

阿奇興奮地朝朴奔去，我連忙拉住他的後領。

「幹麼啦，放開我！」

換作是平常，我是不會這麼做的，但此時的情況……可是，我能抓到的也只有阿奇一個，已經有好幾個傢伙衝上去抱住朴，或緊抓著他不放了。我可以理解大家很高興見到所長的心情，不過我們又不知道朴是什麼感受，這樣他不就要忍受別人突然抱他，或逼不得已要抱別人了嗎？

不過，看到朴張開雙臂迎接蜂擁而上的孩子們，我也不由自主地鬆了口氣。

我走向朴，把抱著朴的傢伙逐一拉開。

「都長這麼大了，怎麼這麼噁心。閃開一點，所長才剛回來，一定累壞了，要寒暄之後再說。」

「傑努三〇一，沒關係。」

平時，朴是個情緒不形於外的人，但此時在我眼中的他，看起來比任何時候都輕鬆自在。我不禁慶幸，幸好朴的旅程並不是痛苦難熬的。

「……您回來了。」

朴的臉上浮現一抹錯綜複雜的微笑。

「是啊，我離開太久了吧？」

「您回來得正好。」

我望著站在講臺上的崔。全部監護都走下講臺迎接朴，唯獨崔杵在原地，從遠處直視著朴。我彷彿聽見了停留在崔臉上的微笑，正無聲地傳遞了一句問候：「學長，您平安回來了。」

正值嚴冬肆虐，等過了這段寒冷的時間，我們看到的，就不再是全像投影，而是綠意成蔭的清新春天了。

可以問最後一個問題嗎？

合宿結束後，有幾個孩子和父母一起離開了中心。教室裡穿插著空位，就好像缺了幾顆門牙。我懇切地盼望，孩子們都能碰到好父母。

「我，好像要去參加Paint了。」諾亞靠坐在桌沿，無精打采地說。

「可以的話就說ＯＫ吧，你不是馬上要十八歲了嗎？」

這小子伸了個大懶腰，聽到我的話後，很無言地笑了。

「這好像不是你該說的話吧？總之啊，往後我決定這麼想：既然託我的福，父母領到了政府補助，也領到了年金，那我也要和他們協商，自由地和女生們往來，在ＶＲ室盡情玩耍。最重要的是，我已經受夠了Paint，我決定不再抱持什麼期待了，預備父母好像也對我沒抱什麼期待，而且我仔細想了一下啊……」

諾亞這小子最近想法特別多，多得讓人感到陌生。

「又想了什麼？」

聽到我這麼問，諾亞很不正經地笑了起來。

「到外頭混了一陣子，我發現親生父母養大的孩子，跟我們也沒什麼差別。有人與父母的關係比外人還不如，也經常起衝突。他們要求父母的，不外乎是拜託他們不要每天早上碎念個不停、一天可以在ＶＲ室玩一小時、不要拿自己和朋友比較、不要偷看智能手錶之類的。一言以蔽之，就是對父母沒什麼特別的期待。你想想，假如有那種預備父母來到中心，誰還會想參加其他Paint？馬上就掰掰了嘛。」

聽完諾亞的話，我不禁覺得，我們選擇父母，就和父母生小孩差不多。無論是誰，就算不奢望孩子是個天才，至少也會期盼比別人有出息。但要不了多久，這些幻想就會隨著孩子入學、長大、個子變高，如海市蜃樓般消失得無影無蹤。父母的期望變得越來越簡單，只希望孩子不比別人差，健康、平凡就好。

我們對父母的期待也不相上下。我們都會期望——至少我想遇到的父母，要真心疼愛孩子、經濟無虞、兼具知性與教養、完美無缺，但經過幾次Paint，我明白了一件事——無論我們或他們，心境都會不斷改變，一點一滴地降低門檻，在某種程度上妥協。

「欸，可是所長他啊……」

「怎樣？」

看我回得這麼急，諾亞盯著我看了好一會，似乎懷疑我幹麼這麼好奇。

「他究竟是去哪了？如果是去旅行，按他的個性，應該不會兩手空空的回來才對，還有他的表情。」

「表情？」

諾亞摩娑自己的下巴，微微皺眉，樣子像極了在推理案件的偵探，害我忍俊不住。

「你不覺得他好像是從什麼深山修道院回來嗎？」見我沒有回應，諾亞又補上一句。「應該說，表情比先前更平靜了一些，又好像更沉穩了。」

諾亞搔搔頭。

「但看上去又有些哀傷，很難用一句話說明，總之，氛圍不一樣了。依我看啊，他應該是交了女朋友。」

才心想這小子挺厲害的，但結論必定會歪掉。但諾亞說的也不無道理，朴看起來平靜沉穩，又顯得很哀傷。我們都無法窺探朴的心，也許對朴而言也很困難。坦誠地正視自己，比想像得需要更大的勇氣。我很好奇，朴的勇氣為自己帶來了什麼。

朴不在的這段期間，我細細咀嚼了他的那句話。

「是為了我自己，是為了我……」

休假想必是一段完全為了自己的時光。雖然經歷了悲傷的過去，最後仍沒有放棄自己，也沒有任由可怕的記憶蠶食自己。他以悲傷為墊腳石，壯大了去愛與自己相同的孩子的力量，最後展現出自信的模樣。儘管你很殘忍地對待年幼柔弱的我，但我並沒有踐踏生病虛弱的你，為你守終，並非因為我是你兒子，也不是想證明給別人看，而是向自己證明，我和你是不同的。

當然，我無法知道朴實際的想法，我之所以這麼想，或許只是單純的小小願望，盼望朴不會受傷。

我伸手搭上諾亞的肩。

「欸，起頭是修道院，結論卻跑到女朋友，不覺得很扯嗎？」

「也是啦，用膝蓋想也知道，朴如果和女生並肩走在一起，不小心碰到手時，他八成會這樣說，」諾亞清了一下喉嚨。「『第一次約會，不得有身體接觸。』」

我忍不住爆笑出來，如果是朴，好像真的會講這種話。

「搞不好喔，他還會問，『請問今天您打幾分呢？』」

和諾亞打打鬧鬧了好一會，我回到走廊，窗外是一片白茫茫的天空。就快下雪了嗎？我用智能手錶點選了「申請諮商」，上頭閃了藍燈，表示接受申請。

◆

打開諮商室的門，就看到朴，我點頭打招呼後，坐在對面的椅子上。朴的表情一如往常，很難看出他的心思。

「你要喝什麼？」

「冰咖啡。」

朴正打算按下按鈕，突然停住了手。

「不覺得喝冰咖啡太冷了嗎？」

「因為喉嚨發乾。」

稍後，小幫手進來，端上冰咖啡和熱茶。

朴一邊遞過杯子，一邊說：「聽你說喉嚨發乾，害我都緊張起來了。」

雖然喉嚨發乾，內心卻異常沉靜泰然。儘管我這次要說的話會令回到中心的朴大吃一驚，我卻有種莫名平靜的感覺。

「您是不是太早回來了？」

朴露出淺淺的微笑。

「這句話好像是在說不需要我，真令人傷心。」

「一路上舟車勞頓，覺得您需要時間紓解疲勞。」

「好像只有回到中心，才能紓解疲勞。」

是，您說的都對。我啜了口咖啡，一群孩子嘻嘻哈哈地從門外經過。只要有孩子在，朴就不可能離開中心。反正遲早都要送走這些孩子，何必這麼勞心勞力呢？難道是很享受這種苦情單相思的感覺嗎？

「你之前諮商都是找崔，今天怎麼會找我？」

「這句話好像是在嫌替我諮商很麻煩，真傷心耶。」

朴舉起雙手投降。

「聽說你在第三輪面試拒絕了。雖然不能視為那對預備父母毫無問題，但親密度圖表一直都呈上升趨勢，你的評分也很高。就我所知，你面試時好像從來不曾給過這麼高的分數。」

朴彷彿已經猜出我的心思，我申請諮商，就是想要談這個問題：為什麼我給了那麼高分，最後還是拒絕了他們。

「傑努三〇一，我一方面覺得這個結果很不像你的作風，又覺得正因為是你，才會有這個結果。」

監護用細長白皙的手指敲擊桌面兩下，這是他在整理思緒時會有的習慣。

「你是個很有主見的孩子，一句無心的話也會思忖言外之意，這代表你的個性很慎重。你也知道，第三輪才拒絕的案例很少見，大部分都會進入合宿階段。我相信，你會願意走到第三輪面試，意味著你遇見了值得真心信賴的人，而不是單純的變心，或出於惡作劇才拒絕。」

朴完全看穿了我。

「你是不是基於與預備父母無關的理由，才拒絕的呢？」

我輸了，我認輸。

我遲疑著該怎麼說才好，最後開口：「沒錯，他們比我至今遇到的任何預備父母都令我滿意。」

朴沉著的等待我的回答。

「和他們嘗試合宿，應該也會不錯。」

空氣中降下一片靜寂，凝結在杯子上的水珠緩緩沾濕了桌面，形成一個小小水窪。一想起荷娜和昇陽，我也不由自主地露出苦笑。

荷娜與昇陽，不是那種只會下命令的父母，而是懂得自省的父母。他們不會因為內心的摩擦而讓別人不好過。荷娜與昇陽，都很努力避免重蹈被父母所傷的覆轍，避免有和他們相同的問題。憑著這份心意，他們兩人，其實都做好了當父母的準備。

「是我沒有自信當一個好兒子。」

「傑努，我是很認真地想替你諮商。」

「您覺得我像在開玩笑嗎？」

聽到我說的話，朴嘛了嘛嘴。

「您為什麼只要求父母的資格和資質呢？應該也要細究子女是否能和父母相處融洽呀。您不是說，要拋下父母是無所不知、隨時都能成為子女支柱的幻想嗎？身為父母就必須無條件犧牲的時代已經過去了。」我稍微調整了一下呼吸。

「這我同意，不過帶著一顆愛孩子的真心前來的預備父母也……」

「我並不是說想獲得福利的預備父母就不好，畢竟我們也會為了避免社會歧視而尋找父母。我都超過十三歲，反倒是處於與父母疏遠的時期。在最敏感混亂的時期說想要父母，這代表什麼？就是想擺脫ＮＣ出身的標籤嘛。當然，真心想要孩子的預備父母一定存在，就像有孩子真心渴望得到父母的愛。」

您知道那是誰吧？我用眼神對朴說話。

「依靠彼此的需要生活，不只我們，外頭的那些家庭，難道光有愛就能將彼此串聯在一起嗎？」兩人短暫的沉默，我繼續開口：「我聽說有親生父母找上了某個中心，假如哪天，拋棄我的人以父母的名義出現在我面前……我好像會非常怨恨他們。畢竟他們是拋棄我的人啊！超過十年不聞不問，還不如永遠別見面，但是……」

窗外逐漸染上夜色，諮商室的燈光自動變亮，溫度也上升，放在桌上的茶已經徹底變涼了。

朴該有多心痛呢？看不見的傷痛，讓他有多痛苦煎熬？我看著他那細長白皙的手指，再啜了一口冷咖啡，內心冰冰涼涼的。

「您在休假前，沒有聽到其他監護報告關於我的事嗎？」

即便是黃，應該也不會對要去休假的人一一報告，但我想要確認一件事。朴果然一副不明所以的樣子。

「我，在懺悔室寫了反省文。」

朴似乎有些吃驚，接著陷入沉思，而我應該知道他在想什麼。

「你是因為使用暴力才會來這裡，還是……」朴將目光固定在桌面，接著緩緩移到我臉上。「為了來懺悔室，才使用暴力？」

既然朴都開門見山地問了，表示我也不必開口回答。他喝了口茶，放下杯子。喀，狹窄的諮商室響起撞擊聲，朴低聲嘆了口氣。

「假如是後者……」朴沒說出口的後半句，大概是「看來你是知道了什麼吧」。

「對不起，我知道自己犯了很大的錯。」

看到朴的反應比想像中平靜，反倒是我開始驚慌失措。雖然以朴的性格，不可能大聲斥責或咄咄逼人，但我以為他多少會表現出某種程度的失望，看到他反倒一臉虛脫地笑了，頓時有種錯綜複雜的感覺。

也許是別人看到了自己不曾表露的傷口後的一種暢快感，或是心中完全送別了父親的舒坦吧。

當然我無法完全理解朴，不可能分毫不差地理解某個人，但我能用心去感覺，為什麼他最後願意守在父親身旁。假如他漠視不管，就等於自己成了與父親相同的人。他靠著陪父親走完最後一程，也從父親的陰影走了出來。

「所以啊，我沒有自信……建立那種緣分。」

「什麼意思？」

我正視朴的雙眼。「往後的父母面試，我會一律拒絕，從現在開始，請中斷與我相關的所有面試。」

「你、你在說……」

在任何情況下都不動聲色的朴，此時猛然站起。是啊，我知道，朴有多努力想替我找到好父母，我覺得既感激又愧疚。

「哇，您動作好敏捷呢。」

「和你對話久了就會變成這樣。」

沒想到朴也會開玩笑。他看著漆黑的窗外一會。

「傑努三〇一。身為一名大人，講出這種話令我羞愧，但世界上依然劃分了看不見的階級，也存在明顯的歧視。有權有勢者，總是不斷地踐踏弱者。而這，都是為了享受優越感。不只是有權有勢者，就連弱者也有那種優越感。明明自己也是弱者，卻要踐踏比自己更柔弱的人。對貧窮國家的移民者、從事別人不願意做的工作的勞工，都會冷眼對待。就像被親生父母養大的人，對於在國家照料下成長的你們帶有微妙的反感情緒。你是個聰明伶俐又有魅力的孩子，誰看到你都會產生好感，可是一旦揭開你來自NC的身分，大家就會用截然不同的眼光看你。傑努你也很清楚吧？無法在這裡找到父母的孩子，回歸社會後，會碰到多少不利於自己的情況，又是如何生活在歧視之中。」

正如朴所說，無論什麼時代，歧視始終存在，不過一點一滴地剷除歧視與打壓，也是當今社會的發展。

「因為大家歧視ＮＣ，我們就要隱瞞來自ＮＣ的身分……這根本不是解決之道。」

朴點點頭，表示他很清楚。「我並不認為你們離開中心後，幫助你們和父母好好生活的現有體制都是不好的，你們必須親自去瞭解社會，為此，就需要有一道守護你們的籬笆。」

「到籬笆外頭的羊，會被狼抓去吃吧？不過，也有可能發現更美味的草。」

朴再度嘆了口氣。

「唯有ＮＣ出身的人，才能消除大家對ＮＣ的歧視。」

ＮＣ出身者逐年增加，在社會上發聲的ＮＣ出身者卻很罕見。他們一定是認為，既然身分已經改變，就沒有必要強出頭。但我們無法因此指責他們，會有多少人放著平坦的大路不走，偏偏選擇艱險的羊腸小徑呢？但是，只要選擇那條路的人越多，羊腸小徑也會有變成康莊大道的一天。剛開始只是清掉一顆小石子，但也許現在，已經有人開始把石子丟向遠處的草叢，以免後方來人被絆倒。

「傑努，等到年滿十九歲，你就必須離開中心了。儘管在那之前，你會接受各種職業教育與技術教育，但之後，你必須憑自己的力量生活下去。」

當然了，想到未來，我也心生恐懼，但機會必定會到來的，只要我努力去察覺它。我至今不曾走到外頭的世界，但有必要現在就開始自己嚇自己嗎？可以的話，我希望做各式各樣的嘗試，在那之中，又能發現另外一個自己。

「監護。我雖然是個乖僻的孩子，但並沒有像您想得那麼乖僻，我一直都很信任監護，也很尊敬您。」

話說出口後，頓時覺得難為情，但既然都吐露真心了，乾脆就繼續說下去。

「因此，我也希望監護能尊重我的決定。」

朴的眼眸映照出面談室的燈光，他似乎正在尋找適當的回答。

「想很多，並不代表有很多擔憂。」

我微微一笑，朴又習慣性地用指尖敲了敲桌面。

「我在這裡生活的日子不是還很長嗎？搞不好又會有什麼事發生呢。監護不也一樣？」

朴停下了手指的動作。

「就是因為不知道，才會不安，也因為不知道，才會經歷意想不到的事啊。」不知道，不見得就是壞事。因為不知道，所以可以虛心學習，因為不知道，所以可以滿懷期待。所謂人生，不就是從一連串無知中領悟的過程，並透過它感受喜悅的漫長旅程嗎？

朴敲擊著桌面，問道：「你一直讓我……」

我豎起耳朵，仔細聽朴說話。

「……很不安，你總是有很多想法、很深沉。其實我許久以前就有預感了，你會做出這樣的選擇。」

朴一定早就預見了，時間過得越久，我的心靈之軸會往哪一邊傾斜。我朝朴露出燦爛的笑容。

「但我不禁認為，至今我和其他監護為你付出的努力，也不是毫無用處。」朴像在應和般，也對我露出微笑。

「我可以問最後一個問題嗎？您可以告訴我您的名字嗎？」

「在中心工作的監護，不會透露姓氏以外的名字。」

我居然忘了朴是什麼樣的人。我無奈地聳了聳肩。

「那麼，我先回去了。」

我轉身走向門，這時朴的聲音從背後飛了過來。

「你為什麼想知道我的名字？」

我停下腳步，轉身看著朴，目光穿越他的睫毛，看見他的眼眸正微微打顫。其實我不是真的好奇朴的名字，就算不說名字，我和他的關係也不會改變。朴是朴，我是我，這與姓名沒有任何關係。但今天，朴和我過去認識的他感覺不同，就好像我們之間，又拉近了四分之一步的距離。

「沒為什麼啊，一定要有理由嗎？」

不知不覺中，朴又恢復成過去那個難以讀懂情緒的朴了。

「傑努三〇一，這裡是中心，你是NC的孩子。」

我難為情地撓了撓眉毛，表示認同。

「未來你離開這裡後……我就再也不是你的監護，也不是所長了。」

我看著朴臉上若隱若現的微笑，走出諮商室。幾個孩子正在竊竊私語，走向電動步道。想必他們是要去參加Paint吧。他們會看見預備父母誇張地表現喜悅的全像投影，搞不好有人會說：「還不錯耶，我要參加Paint。」而另外一個孩子也許會說：「他們好像跟我不合，抱歉。」

我環顧四周。

也許這裡就像是浩瀚無邊的未來，是運用我想要的色彩揮灑的未來，能夠提前遇見、看到父母的地方。假使面試沒有成功也無妨，因為在Painting的每分每秒，就等於去了一趟未來。

新的一年不遠了，我將開始準備往外面世界跨出一步。十八歲，一個尚未誕生於世卻人高馬大的孩子，在階梯上跨了一大步。

作家的話

我的童年是灰色的，是在白色與黑色之間，黑色混雜得多一些的煤灰色。我很努力不將這種色彩繼承給我的孩子，但這不如我想得簡單。

「我愛你。」我只能持續地說我愛你，而對自己，我也不時會說「沒關係」。不小心失敗了、做錯了、走得比別人慢，我也會點頭肯定。要是有人問我為何要寫青少年小說，原因也正是如此，是因為想對童年的我說：「一切都沒有太遲，現在去做就行了，沒關係，一定會很順利的。」

就像故事內容，我的體內也有一個還沒長大的孩子。對我而言，寫作就是我和那個孩子玩耍的方式。我沒有想獲得什麼的野心，單純只是為了享受過程而感到開心，才會提筆創作。

成為父母不也是如此嗎？與其帶著野心，把孩子打造成心目中的模樣，享受和孩子在一起的時光才是最重要的。成為父母並非一蹴可幾，而是慢慢才上手的，別想著去教孩子什麼，只要和孩子一起玩耍、去享受就夠了。正如同寫作不總是愉快的，我最近也常和孩子鬧彆扭，但假如一直都是晴天，世界就會變成一座沙漠。

我的孩子今年滿十二歲，他知道當媽媽坐在筆電前時，會變成另外一種人格，最好盡可能別和媽媽說話。就算孩子只給我「十五分」，我也會覺得他是高抬貴手了。

我是個好父母嗎？這部小說始於對自己的反省，但真正在寫作期間，我卻成了一個疏忽孩子的媽媽，真擔心孩子讀完後會說什麼。

我們家把我當成太太、媽媽的兩個人，打從一開始就不期待我會打理家務和育兒，假如沒有身兼外助與內助的老公，還有自動自發的孩子，我不可能享受每天窩在房間好幾個小時、光敲鍵盤的好事（？）。對此，我感到很抱歉，也充滿感激。

過去老師曾說：「故事會自己找上門來。」就我而言，是在對自己發牢騷說「我真是沒有當父母的資格啊」時，碰到了找上門來的傑努、阿奇和諾亞。假如碰到比我更有能力的人，他們應該會成為更精采的主角，所以我很遺憾也很愧疚。這就和我對自己的孩子感到愧疚是相同的，假如孩子在更棒的父母底下成長，應該會過得更幸福。不過有件事我可以確定，那就是我比任何人都要熱愛這些來到我身邊的生命。

感謝各位評審與青少年評審團，選擇了這部尚有許多不足之處的作品。我想向教導我「言語和文字有其生命」的老師、長期的寫作夥伴鞠躬致謝；也想向和我一起苦思、自始至終激勵我的鄭敏僑編輯表達真心的感謝。在修改潤飾故事的期間獲益良多，讓我大大開了眼界。

最後，我要向閱讀這部作品的你傳達難以言喻的謝意。在你心中，也有一個尚未長大的孩子，但願你能和那孩子說說話，也許會聽到一些意想不到的事。希望你能偶爾對自己說「沒關係」、「你做得很好」，用真心激勵自己，因為，你真的是一個很棒的人。

二〇一九年春天　李喜榮

導讀／不完美的父母與孩子，並肩創造美好關係的可能

宋怡慧（丹鳳高中圖書館主任）

像老師教學，像醫師行醫，父母子女也是每天在練習當父母子女。父母有多難為？看看韓國與臺灣，超低的出生率或許多少能窺見端倪。即便政府頒布許多鼓勵生育的政策，卻成效不彰，為何越來越多人對成為父母卻步？

父母之路任重且道遠，孩子多屬獨立個體，我們卻有教養的責任。何時該放手？如何放手？悲催的是，你的價值觀可能不是孩子的價值觀。當家庭共識崩盤，可能也會自責，或覺得孩子背叛信念。

自由選擇父母，就能翻轉人生？

本書作者李喜榮透過科幻筆法與簡潔情節，企圖引領讀者思考一個問題：如果，你

只負責生小孩，國家會無條件負責撫養孩子，這樣的機構若在真實生活出現了，會讓你覺得世界變得更滑稽荒謬，還是會提高你生育子女的意願？

小說設定提到國家設立的NC中心，可以幫助無父無母的小孩媒合適合的父母，稱為「Paint（父母面試）」。弔詭的是，這些孩子都被貼上被遺棄、被歧視的標籤，看似是缺憾，卻讓他們擁有翻轉人生的機會。

小說家是想解決受虐兒童的問題，還是想討論完美父母的議題，抑或想一魚多吃，或許要親自翻閱小說才能真正明白作者的創思。當Paint的孩子們能透過各種方式測試應聘者，選擇自己喜歡的父母，就能擺脫原生家庭的羈絆了嗎？若以大腦科學來解釋，教養的確是以某種方式在世代間「遺傳」。重新選擇，就能再次定義自己，不用複製他們的性格，受命運輪迴的擺佈，透過面試做評價，只要夠幸運，就能幫自己選個好父母。

「完美父母」標準，出現世代落差

讀者彷彿陪著主角傑努三〇一與故事裡的孩子，一起挑選出所謂完美父母的人設：上流階層、家世清白、學養豐富，不只要有愛心、耐心，還要能與難纏的青少年溝通。透過青少年的視角，我們開始爬梳完美父母的指標，要做到怎樣的標準，才能放心讓孩子想跟他們走。

但在情節之外，你再仔細思索：真實世界裡，沒有一個人是在當父母之前，就懂得如何當「稱職父母」的。我們與父母、甚至與下一代之間，誰不是在學習與所愛相處。明明想對孩子說「我愛你」，為何總把氣氛搞得箭弩拔張？明明計畫好的對話劇本，又為何總是ＮＧ？

舊社會講究父慈子孝、兄友弟恭，過去的父母是直升機父母，不只過分保護或干預兒女的生活，看似勤苦地盤旋在兒女身邊，卻左右了孩子的人生與選擇，讓孩子成為父母操縱的傀儡。然而只過了短短數十年，家庭與親子關係發生極大變化，ＡＩ時代的孩子，仍然企盼這樣的父母形象嗎？

藉由故事，與你的內在小孩對話

小說顛覆了親子間的位階關係，超越你所想像的家庭模式，帶來更多觸發：長大後的我們，也變成自己討厭的大人了嗎？當年父母加諸在我們身上深深淺淺的傷口，現在都癒合了嗎？脫離悲傷的過去與療傷蛻變的歷程，我們與內在受傷的自己和解了嗎？

作者透過書寫，和心裡沒有長大的內在小孩對話，我們何嘗不是透過閱讀，享受被文字撫慰的溫柔，與其活在憤懣的過去，不如親手解開心結，讓過去雲淡風輕，重新活出希望的嶄新自我。

人生是無法重來的，失誤、失敗、犯錯是每個當過父母都會經歷的心情。當你驚覺自己的口吻與行徑失衡時，那些刻印在我們身上的童年印記，也就是原生家庭的教養方式，會在我們不自覺時以輪迴的方式，複製在下一代身上。

是不是意識到自己也變成從前的父母時，歷經身分更迭的大大小小傷口，也讓你的心變得柔軟起來了？當你秒懂父母犯錯的癥結，進而修正自己的做法，和孩子在一起成長的時光，即便會犯錯，會流淚，就是彼此逐漸陪伴對方慢慢變好的過程，父母不用十項全能，不完美反而是孩子學會與人相處，放下偏執的機會，讓孩子學會自己找出路。正如男主角傑努三〇一最後的選擇，正是小說家最用心良苦且引人省思之處。

青少年絕對不是中二，他們的心胸與包容力遠比我們大人想像得廣袤。面對人生，他們或許會不安，甚至恐懼，但他們不會放棄為自己的人生奮鬥或抉擇。甚至，孤獨讓他們學會，最好的依靠往往是堅強的自己。

接受彼此的不完美，並肩同行

小說情節其實在帶領讀者不斷去追問自己：如果我不是在父母身邊長大，是不是會擁有完全不同的性格，過著完全不一樣的人生呢？當人們越早懂得自我覺察、懂得觀照與他人的關係之際，也許就能更成熟地與身邊的家人和睦相處。

其實，所謂「完美父母」並不存在於現實，最完美的父母可能是願意陪伴孩子、一起努力成長的父母。畢竟親如父子母女，也不一定擁有共同的價值選擇，唯有開啟溝通的窗扉，才能真正去理解對方。

小說家為我們開啟一個輕鬆但不容易的親子模式：這世界沒有完美父母或小孩的標準，接受自己是有侷限的平凡人，與其說「完美父母」是難以抵達的幻境，不如換個心態，正視不完美的自己，讓相互陪伴與支持成為關係的現在進行式。當你真正理解對方，就會祝福彼此向自己喜歡的模樣前進。因為你的體諒與支持，我們都可以遇見幸福。

現在，無論是父母身分或處於子女位置，請溫暖地抱抱內在怯懦的自己，輕輕地告訴他：親愛的，你做得很棒，雖然我們不完美，卻是珍視對方最可愛又親近的同行者。

PAINT：面試完美父母／李喜榮（이희영）著. -- 簡郁璇 譯. -- 初版. -- 臺北市：時報文化，2021.4；面；
14.8×21 公分. --（STORY：040）
譯自 페인트
ISBN 978-957-13-8630-0（平裝）

862.57 110001224

ISBN 978-957-13-8630-0
Printed in Taiwan

※ 本書獲得韓國文學翻譯院 (LTI Korea) 之出版補助。
This book is published with the support of the
Literature Translation Institute of Korea (LTI Korea).

STORY 040

PAINT：面試完美父母

페인트

作者 李喜榮 ｜ **譯者** 簡郁璇 ｜ **主編** 陳信宏 ｜ **副主編** 尹蘊雯 ｜ **執行企劃** 吳美瑤 ｜ **封面插畫** CLEA ｜ **封面設計** FE 設計 ｜ **編輯總監** 蘇清霖 ｜ **董事長** 趙政岷 ｜ **出版者** 時報文化出版企業股份有限公司 108019 臺北市和平西路三段 240 號 3 樓 發行專線－（02）2306-6842 讀者服務專線－0800-231-705．（02）2304-7103 讀者服務傳真－（02）2304-6858 郵撥－19344724 時報文化出版公司 信箱－10899 臺北華江橋郵局第 99 信箱 時報悅讀網－www.readingtimes.com.tw 電子郵件信箱－newlife@readingtimes.com.tw 時報出版愛讀者－www.facebook.com/readingtimes.2 ｜ **法律顧問** 理律法律事務所 陳長文律師、李念祖律師 ｜ **印刷** 紘億印刷有限公司 ｜ **初版一刷** 2021 年 4 月 9 日 ｜ **定價** 新臺幣 350 元 ｜（缺頁或破損的書，請寄回更換）

時報文化出版公司成立於 1975 年，1999 年股票上櫃公開發行，2008 年脫離中時集團非屬旺中，
以「尊重智慧與創意的文化事業」為信念。